생각의 좌표

일러두기

책, 신문, 영화, 잡지, 노래 등의 제목에는 약물(〈 〉)을 사용했으나 한겨레신문의 경우에는 약물 없이
한겨레라고만 표시했다.

생각의 좌표

돈이 지배하는 사회에서 생각의 주인으로 사는 법

홍세화 지음

한겨레출판

그래도 희망의 끈을 놓을 수 없고 그 근거인 젊은이들에게 다가가려는 시도로 잡문들을 묶어 책을 낸다. 그동안 기고한 글을 수정 보완한 글, 새롭게 작성한 글, 강연 원고를 정리한 글을 묶은, 그야말로 잡문집이다. 이 책이 젊은이들에게 '사유하는 인간'으로서 '사회를 비판적으로 바라보는 안목'의 작은 실마리라도 제공한다면 그지없이 기쁜 일이다.

정리된 것이든 아니든 세계관과 가치관이 녹아 있는 우리 생각은 사회화 과정을 통해 형성된다. 따라서 한국사회를 비판적으로 인식하는 것과 한국사회구성원인 나의 생각에 관해 비판적으로 성찰하는 것은 하나에서 만난다. 이 책에서 첫마디로 제기한 '내 생각은 어떻게 내 생각이 되었나?'라는 물음을 끊임없이 되돌아볼 것을 강조하는 것은 자기 성찰과 사회 비판이 이 물음에서 비롯되기 때문이다.

사람은 편함을 추구한다. 남에게 불편함은 물론 고통과 불행을 안겨주면서까지 나의 편함을 추구한다. 함께 더불어 산다는 말은 내 편함의 추구가 남에게 불편함, 고통, 불행을 주지 않아야 한다는 말과 만난다. 그러나 대부분의 사람들은 내 편함을 추구할 뿐 '어떤 사회에서 살 것인가?' 라는 물음을 던지지 않는다. 그런 물음을 던지는 사람은 언제나 소수다. 물신 지배가 극성을 부리는 한국사회처럼 비교라는 말이 어제의 나와 오늘의 나, 오늘의 관계와 내일의 관계를 견준다는 뜻은 사라지고 즉자적으로 남과 가진 것으로 견준다는 뜻만 남은 사회에서는 더욱 그렇다. 그렇기에 다시금 '그렇게 싸워왔는데 여기까지밖에 오지 못했나' 라고 말하기보다 '소수의 부단한 노력으로 이나마 덜 비인간적인 사회를 이룰 수 있었다' 는 편에 서려고 한다. 이 책은 그래서 그런 소수에게 서로 위무하고 격려하자는 뜻이 담겨 있다. 한국사회구성원들의 의식 형성에 관한 내 생각에 어쭙잖게 내 삶에 대한 내 생각의 조각들을 덧붙인 것은 나름대로 편한 비루함보다는 불편한 자유 쪽에 서려고 했던 삶의 궤적을 통해 소수에겐 그래도 탄식보다는 의지가 어울린다는 말을 하고 싶어서였다.

영구 귀국한 지 7년 반의 세월이 흘렀다. 한겨레신문에 출근하면서, 또 시민사회의 일원으로 활동하면서 바쁘게 보낸 시간이었다. 읽고 토론할 시간이 많지 않았다. 드러냈을 뿐 스스로 채우지 못한 시간들 속에서 글쓰기는 더욱 어려워졌다. 이 책이 나오기까지 한겨레출판사 구성원들이 보여준 인내심에 존경과 감사의 뜻을 전한다.

2009년 11월 　홍세화

차례

내 생각의 주인은 누구인가

내 생각은?

내 생각은 어떻게 내 것이 되었을까?

사람이 '생각하는 동물'임을 모르는 이는 없다. 그런데 '지금 내가 생각하는 바'들이 어떻게 내 것이 되었는지 묻는 사람은 많지 않다. '내가 지금 갖고 있는 의식세계'는 내가 태어났을 땐 분명 비어 있었고 '내가 지금 생각하는 바'들도 내가 태어났을 땐 없던 것들이다. 각자 살아가면서 생각을 형성했고 의식세계를 채웠다. 우리는 스스로 자유롭게 생각하는 존재인 양 착각하기도 하지만, 일찍이 칸트가 지적했듯이 '생각하는 바에 관해서는 자유롭지 못한 존재'들이다. 나 또한 생각하는 존재이긴 하나 '지금 내가 생각하는 바'에 관해 자유로운 존재는 아닌데, 그럼에도 '내가 지금 생각하는 바'에 따라 살아간다. 따라서 '지금 내가 생각하는 바'가 어떻게 형성되었는지에 대한 물음은 자기성찰의 출발점이다.

사람이 생각하는 동물임에도 그 생각에 한계가 있다는 것을 우리는 어떻게 알 수 있을까. 그것은, 태어났을 때 없던 생각이 지금 어떻게 내 생각이 되었는지 생각하는 사람이 많지 않다는 것으로도 알 수 있다. 더욱이 스피노자가 강조했듯 사람은 이미 형성한 의식을 고집하는 경향이 있다. 나 또한 지금 갖고 있는 생각을 고집하고 쉽게 버리지 않는다. 그렇기 때문에 우리는 더욱 물어야 한다. 내가 지금 갖고 있는 생각이 어떻게 내 것이 되었나, 라고.

"사람은 이성을 가진 동물이다." 아리스토텔레스의 명제에 따르면, 사람은 이성적 동물, 합리적 동물이어야 하지만, 실제로는 합리화하는 동물이다. 사람이 합리적 동물이라면 기존에 고집하던 생각과 모순이 되는 사물이나 현상을 만나면 자기 생각을 수정해야 마땅하다. 또 사람이 합리적 동물이라면 '황우석 사태'를 겪고 난 뒤 한국 사회구성원들의 판단 능력은 진일보해야 마땅하다. 과연 '황우석 부대'에 속했던 사람들은 나중에 자신의 판단체계가 잘못되었다는 점을 받아들이고 기존의 판단체계를 수정했을까? 그럴 가능성은 거의 없다. 기존 생각을 수정하려면 자신을 끊임없이 부정하는 용기가 필요한데, 대부분은 기존의 생각을 고집하는 용기만 갖고 있다. 머리가 나쁜 탓이 아니다. 오히려 머리가 좋은 사람일수록 그 좋은 머리를 기존의 생각을 수정하기보다 기존의 생각을 계속 고집하기 위한 합리화

의 도구로 쓴다. 사람이 좀처럼 변하지 않는 것은 이 때문이다. 지금 생각하는 바를 지속적으로 합리화하면서 고집하기 때문에 사람 살아가는 모습이 변하지 않는 것이다. 그렇다면 스스로 이런 물음을 던져야 하는 것은 아닐까. "지금 내가 가진 생각을 나 역시 앞으로도 계속 고집할 텐데 대체 바뀔 가능성이 없는 나의 생각은 어떻게 내 것이 되었을까?"라고.

18세기 프랑스의 교육철학자 콩도르세는 사람을 '생각하는 사람'과 '믿는 사람'으로 나누었다. 이는 다시 말해 '근대적 인간'과 '중세적 인간'으로 나눈 것인데, 이를 다시 내 식대로 적용해 보면 '내 생각은 어떻게 내 것이 되었나?'를 물을 줄 아는 사람과 그렇지 않은 사람으로 나눌 수 있다. 왜냐하면, '내 생각은 어떻게 내 것이 되었나?'라고 물을 때 자기 생각을 바꿀 가능성이 그나마 열리지만, 그렇지 않을 때에는 자기 생각을 바꿀 가능성이 없는, 지금 갖고 있는 '생각을 믿는' 사람으로 남기 때문이다.

다소 비유가 거칠긴 하지만, 우리 삶을 자동차와 견준다면 우리 삶은 자동차와 달리 후진 기능도 없고 정지 기능도 없다. 뒤로 돌아가지 못하고 멈추지도 못한 채 그저 앞으로만 내달리는 게 우리 삶이다. 나에게 허용된 것이 핸들뿐이라는 얘기인데, 내가 지금 갖고 있는 생각을 고집한다는 것은 핸들을 고정시키고 있다는 뜻이 된다. 그런데 만약 그 핸들마저 나의 자유의지에 의해 고정된 게 아니라 누군가에 의해 고정된 것이라면?

매트릭스가 영화 속 이야기만은 아닌 듯싶다.

네 가지 경로

우리 몸은 건강하지 않을 때 통증을 느끼거나 열이 오르는 등 자각증세를 보인다. 몸이 아파 병원을 찾으면 의사가 제일 먼저 '어디가 아파서 왔느냐?'고 묻는다. 환자의 자각증세를 묻는 것이다. 우리 몸의 자각증세는 은총과 같다. 만약 건강하지 않은데 자각증세가 없으면 그 상태를 그대로 놔두게 되어 몸을 그르치게 된다. 암이 아주 나쁜 고질병인 이유는 죽음에 이르게 하는 치명적인 병인데도 자각증세가 너무 늦게 찾아온다는 점에 있다.

이처럼 우리 몸은 건강하지 않는 대부분의 경우 자각증세를 보여 건강하지 않다는 사실을 스스로 알게 해주지만 우리 생각은 그렇지 않다. 너무 늦어서 탈이지만 그래도 종내는 자각증세를 보이는 암보다도 더 지독해서 그릇된 생각, 그래서 내 삶을 그르칠 수 있는 생각을 갖고 있을 때에도 자각증세가 없다. 자각증세는커녕 그 생각을 고집한다. 생각의 성질이 그와 같다. 그러면 다시금 물어야 할 것이다. '지금 내가 생각하는 바의 세계, 즉 의식세계는 어떻게 내 것이 되었을까?' 라고. 내 안에 들어오는 '음식물'과 내 안에 들어오는 '생각'을 비교해보면 더 쉽게 이해할 수 있다.

근대 이후 모든 사람의 몸의 주체는 원론적으로 자기 자신이다. 과거 봉건사회의 노예나 종은 자기 몸의 주인이 아니었지만 지금은 모든 사람의 몸의 주인은 자기 자신이다. 내 허락을 받지 않고는 아무도 내 몸을 범접할 수 없다. 내가 내 몸의 주인이므로 건강을 유지하려고 입 안에 넣는 음식을 선택하는 사람은 나 자신이다. 나 말고는 내가 어렸을 때의 부모님뿐이다. 내가 어렸을 때 나를 낳고 길러주신 부모님이 내 입 안에 넣을 음식을 선택했을 뿐, 나 말고는 아무도 내 허락 없이 내 입 안에 음식물을 넣을 수 없다. 부모님은 내 몸에 좋거나 좋다고 판단되는 것만 내 입 안에 넣고 나쁘거나 나쁘다고 판단되는 것은 넣지 않았다. 나 또한 내 몸에 좋거나 좋다고 판단되는 음식물만 내 입 안에 넣는다. 이처럼 내 입 안에 넣는 음식물을 선택하는 사람은 나와 내가 어렸을 때 부모님 말고는 없다.

이에 반해, '생각'은 그렇지 않다. 내가 자라는 동안 꾸역꾸역 들어온다. 나에게 다가오는 생각들이 내 삶을 위해 좋은 것인지 나쁜 것인지 또는 나에게 내 삶의 주인이 되도록 하는 것인지, 지배세력에게 자발적으로 복종하도록 하는 것인지 판단할 수 없는 동안에도 내 안에 스며들어왔다. 내 안에 음식물을 넣은 주체는 나와 나를 위하는 부모뿐이지만, 나에게 생각을 집어넣은 주체는 나와 내 부모만이 아니다. 나와 내 부모, 교사, 이웃뿐만 아니라 모든 이들이 자유롭기 어려운 이 '사회'이기도 하다. 그렇기 때문에 우리가 우리 안에 채우는 '생각'이나 '주장' 또는 '이념'은 이 사회에서 강조되는, 이 사회를 관통하는 것들로써 이 사회를 지배하는 세력이 요구하는 '지배적인 그것'일 수밖에 없다.

따라서 내 안에 생각을 집어넣는 실제 주체인 사회를 비판적으로 바라보는 안목을 갖춰 나가면서 기존에 형성된 생각을 끊임없이 수정하여 나의 주체성을 확장하지 않으면 진정한 자유인도, 내 삶의 진정한 주인도 되기 어렵다.

오늘도 한국의 지배세력은 그들 마음대로 역사 교과서를 바꾸고 미디어법을 밀어붙이고 있다. 마르크스가 강조한 "한 사회를 지배하는 이념은 지배계급의 이념이다"라는 명제를 되돌아본다면, 내가 고집하는 내 생각은 내가 주체적으로 형성한 것이 아닐 때 필경 지배계급이 나에게 갖도록 요구한 것에 지나지 않음을 간파해야 한다. 쉽게 말해, 내가 갖고 있는 의식이어서 그것을 고집하며 살아가지만 나에게 그 의식을 갖도록 한 주체는 내가 아니라 지배세력이라는 것이다. 우리에게 제도교육과 미디어에 대한 비판적 성찰과 분석이 요구되는 까닭이 여기 있으며, 사회를 비판적으로 바라볼 줄 아는 눈이 필요한 까닭이 여기에 있다. 지배세력의 기획에 의한 일방적 세뇌와 주입에서 벗어나 제대로 된 성찰을 하기 위해서는 폭넓은 독서와 토론, 직접적인 견문이 꼭 필요하다.

'내 생각은 어떻게 내 것이 되었을까?' 라는 질문을 다시 던져보자. 생각하는 동물인 나는 지금 갖고 있는 내 생각을 고집하며 살아간다. 그런데 지금 내가 갖고 있는 생각은 태어났을 때엔 분명 없었다. 그렇다면 지금까지 내 삶을 지배해왔고 앞으로도 계속 지배할 내 생각은 어떤 경로로 내 것이 되었을까? 이 물음은 실로 엄중하다. 그럼에도 우리는 이 질문이 요구하는, 각자가 겪은 사회화 과정에 관해 스스로 묻고 답하는 훈련이 안되어 있다.

이 질문을 진전시키기 위한 하나의 편법으로 우리가 받은 교육 경험에 맞게 보기를 들어보도록 하자. 내가 지금 가진 생각은 다음 보기의 각 경로를 통해 얼마만큼 내 것이 되었을까 생각해보자. 물론 정확하게 계량할 수 없는 질문이지만, 이 질문은 틀림없이 자기성찰의 계기가 될 것이다.

1) 폭넓은 독서 2) 열린 자세의 토론 3) 직접 견문 4) 성찰

내게 '폭넓은 독서'란 이런 의미다. "지금까지 살아온 사람들 중

책을 남긴 사람의 생각을 내가 '주체'적으로 참조하는 것". 책은 항상 닫힌 채 서가에 꽂혀 있다. 그 책들을 내가 펼쳐 읽는 것이다. 내게 '열린 자세의 토론'이란 "나와 동시대를 살아가는 사람의 생각을 열린 자세로 참조하려고 '주체'적으로 소통하는 것"이다. 또 '직접 견문'이란 "오감을 가진 주체로서 다양한 경험과 여행 등을 통해 인간과 사회를 직접 보고 겪고 느끼는 것"이다. 그리고 '성찰'이란 "폭넓은 독서와, 열린 토론, 그리고 직접 견문을 통해 만나는 뭇 생각들이 소우주와 같은 나의 의식세계 안에서 서로 다투고 비벼지고 종합되고 정리되는 과정"을 뜻한다.

위의 네 가지 중에서 가장 중요한 것은 물론 독서다. "사람은 그때까지 읽은 책이다"라는 말이 있다. 스페인의 한 작가는 이런 말을 했다. "우리는 모두 감옥생활을 하고 있다. 우리의 눈과 귀가 보고 들을 수 있는 세계는 지극히 좁기 때문이다. 그런데 이 감옥에 하나의 창이 나 있다. 놀랍게도 이 창은 모든 세계와 만나게 해준다. 바로 책이라는 이름의 창이다." 이렇게 폭넓은 독서를 바탕으로 토론과 직접 견문, 성찰을 통하여 주체적으로 의식세계를 형성한 사람은 자기 삶에 책임을 질 줄 알며 아무리 팍팍한 세상이라도 당당할 수 있다. 자기 삶의 진정한 주인이기 때문이다.

위의 네 경로를 통해 갖게 된 생각은 주체적인 반면, 제도교육과 미디어를 통해 갖게 된 생각은 주체적이지 않다. 독서와 토론, 직접 견문과 성찰은 내가 주체적으로 행하는 것이지만, 제도교육과 미디어에서 나는 주체로 존재하지 않으며 오로지 객체이며 대상일 뿐이다. 세상 사람들 중 책을 읽는 사람은 절대적으로 소수다. 문제는 과거에는 책을 읽지 않은 사람은 스스로 무지하다는 것을 알고 있었지만, 오늘날엔 책을 읽지 않아도 스스로 무지하다는 것을 알지 못한다는 점에 있다. 과거와 달리 오늘날엔 제도교육이 보편화되었고 미디어가 사람들의 일상을 지배하기 때문이다. 책을 읽지 않아도 사람들의 의식세계는 빈 채로 남아 있지 않고 채워진다. 나는 유소년 시절에 할머니 할아버지 뻘 되는 분들이 "나는 무식해. 아무것도 몰라"라고 말씀하시는 것을 종종 들었다. 오늘날엔 그런 분을 만날 수 없다. 국가권력이 장악한 제도교육과 자본의 논리가 관철되는 미디어에 의해 넘칠 정도로 채워지는 의식세계는, 특히 한국처럼 제도교육이 민주화되지 않은 사회에서는 스스로 책을 읽지 않을 때 필연적으로 지배세력이 요구한 것만으로 채우게 된다. 과거에는 대부분의 사람들이 책을 읽지 못했지만 지배세력이 요구한 내용으로 채우지도 않았다. 설령 채웠다고 하더라도 오늘날 이뤄지는 것에 비할 바가 못 된다. 지배세력에 대한 복종의 자발성에서 과거에 책을 읽지 못한 사람들보다 오늘날 책을 읽지 않는 사람들이 더 강한 것은 그 때문이다. 활성화된 독서와 토론으로 사회구성원들이 주체적으로 의식을 형성하여 인간을 이해하고 사회를 비판적으로 바라보는 안목을 갖춘다면, 그만큼 민도(民度)가 높아지고 성숙한 사회가 될 테지만 지배세력으로서는 지배하기가 무척 까다로워지기 때문에 달갑지 않은 일일 수 있다.

교육의 궁극적 목적이 주체적 자아, 진정한 자유인을 형성하는 데 있다면 학생들에게 독서와 토론, 직접 견문과 성찰의 기회를 갖게 해야 한다. 이런 점에서 볼 때, 오로지 암기와 문제풀이 능력으로 학생들을 줄 세우는 한국의 제도교육은 윤리적 범죄를 저지르고 있다고 해도 과언이 아니다. 학생들의 일상에서 폭넓은 독서, 열린 토론, 직접 견문, 성찰의 기회를 완벽하게 빼앗고 있기 때문이다.

학습

프랑스 사회학자 피에르 부르디외는 '지적 인종주의'라는 말로 학업 성적이 부진하다는 이유 때문에 사회적으로 차별하는 것에 일침을 가했다. 우리는 피부 색깔을 선택해서 태어날 수 없듯이 두뇌를 선택할 수 없다. 두뇌의 용량과 기능은 사람마다 다른데 오로지 문제풀이와 암기 능력이 뒤떨어진다는 이유로 차별하고 그것을 당연하게 받아들인다면 피부색이 다르다는 이유로 차별하고 억압하는 인종주의와 무슨 차이가 있느냐는 것이다. 더구나 우리는 오로지 암기나 문제풀이 능력으로 학생을 평가할 뿐 감수성이나 사람됨에 대해선 거의 무시한다.

우리는 어린 학생들에게 등급과 석차를 매기는 것을 당연시한다. 아직 미성년자들에게 거리낌없이 '너는 1등이다', '너는 35명 중에 35등이다' 라고 등수를 매긴다. 이미 너무나 익숙한 일이지만 반인권적 폭력이다. 우리는 '지적 인종주의' 라는 말은 사용하지 않지만 실제로 이에 대해 문제의식조차 없는 철저한 지적 인종주의자들이다. 학업 성적이 좋은 학생은 스스로 우쭐대면서 성적이 낮은 학생들을 업신여길 수 있고, 성적이 낮은 학생은 어린 가슴에 상처를 입는다. 독서와 토론, 글쓰기를 하지 않고 오로지 암기와 문제풀이 능력으로 학생을 평가하는 한국의 교육현실에 대한 다음과 같은 우스갯소리는 진실에 가깝다. '공부 잘하는 학생과 공부 못하는 학생의 차이는 시험 본 다음에 잊어버린 학생과 시험보기 전에 잊어버린 학생의 차이에 지나지 않는다.' 더 심각한 것은 학교와 교실이 차별과 억압을 '익히는(習)' 곳이 돼버렸다는 점이다.

자주 사용하는 익숙한 단어에서 번득이는 지혜를 발견할 때가 있다. '학습(學習)' 이라는 단어가 그 중 하나다. '배우고 익힘' 이라는 뜻을 모르는 이야 없겠지만, 내가 강조하고 싶은 것은 습(習), 즉 '익힘' 이다. '배움' 없이 인권의식이나 연대의식을 형성하기 어렵지만 배움만으로는 부족하다. 아무리 좋은 가치라 해도 몸에 익히지 않으면 공염불에 머물기 쉽다. 물이 낮은 곳으로 흐르듯 자연스럽게 몸에 배게 하려면 익히고 또 익혀야 하는 것이다.

가령 한국의 일부 노동자들이 갖고 있는 노동자의식은 '의식적인 노동자의식' 일 경우가 많다. '단결', '투쟁' 이 적힌 조끼를 입고

〈임을 위한 행진곡〉, 〈철의 노동자〉를 함께 부를 때나 노동자의식을 확인한다. 이와 같은 소수의 노동자들조차 일상을 지배하는 의식은 소시민의 것이다. 노동자로서의 익힘, 즉 '습'이 부족하기 때문이다. 환경과 일상의 중요성을 강조하는 이유가 그래서다. '사람은 어렸을 때 형성된다'라는 교육 금언을 생각하면 어렸을 때의 교육환경과 일상이 이웃에 대한 배려나 인권의식에 미치는 영향력이 얼마나 막대한지 알 수 있다.

하지만 '지적 인종주의'를 내면화하여 경쟁과 차별을 부추기는 교육환경에서 우리 학생들은 좋은 가치에 관해서는 어쩌다 '배울(學)' 뿐이고 일상 속에서는 그 반대를 '익힌다(習).' 우리 학생들은 남과 더불어 살아야 한다는 공동체의식, 연대의식을 어쩌다 '배우지만' 일상에서는 남을 누르고 혼자 이기는 것을 '익힌다.' 우리 학생들은 인권의식에 대해 이따금 배울 뿐이고, 일상에서는 인권 침해를 몸에 익힌다. 우리 학생들은 자유, 평등의 가치를 어쩌다 배우고 일상에서는 억압과 차별을 몸에 익힌다. 이렇게 우리 학생들은 일상에서 억압과 차별, 인권 침해를 겪으며 몸에 익히기 때문에 나중에 남을 억압, 차별하고 인권을 침해하면서도 인식하지 못한다.

선택과 집중

우리 청소년 학생들은 공부를 참 많이 한다. 잠도 제대로 못 자고 공부만 한다. 친구도 사귀지 못하고 자연도 벗하지 못하고 날이면 날마다 그저 공부만 한다. 그래서 공부 시간만 따지면 세계 으뜸이다. 그러나 책은 읽지 않는다. 공부하느라 책 읽을 시간이 없다. 집에서나 학교에서나 소설책이든 교양서든 책을 읽을라치면 '공부 안 하고 뭐 하냐?'라는 지청구를 들어야 한다. 세계에서 가장 많이 공부하면서도 책은 안 읽거나 못 읽는 현실, 이것이 우리 학생들의 일상이다.

가령 한 학생이 어느 과목 시험에서 88점(100점 만점)을 받았다고 하자. 학부모의 반응은 어떨까? '88점 받았으니 잘했구나'일까? 아니라는 것을 누구나 알고 있다. 조건반사적으로 이런 물음이 튀어나온다. '그래서 그게 몇 등이냐?'

왜 우리는 만점이 100점일까? 다른 나라들처럼 20점이나 10점이 아니고? 점수 폭이 넓어야 학생들을 일등부터 꼴등까지 줄을 세우기 쉽기 때문이다. 유럽의 학생들은 가령 12점(20점 만점) 이상을 받으면 그 시험 영역에서 벗어나 다른 일을 한다. 대학은 평준화되어 있고, 고등학교까지 학생들에게 석차나 등급을 주지 않고 합격/불합격 기준으로 절대평가만 하기 때문이다. 10점이 합격과 불합격을 가르는 점수이므로 12점 이상의 점수를 받은 학생은 그 시험 영역에 머물러 있을 이유가 없다. 이 점을 석차와 등급 매기는 것에 익숙해진 한국사회구성원들은 금방 이해하기 어려울 수 있다. 하지만 잠시 생각해보라. 가령 서울에 있는 대학이 모두 서울대이고 합격점이 10점(20점 만점)일 때 12점 이상을 받았다면 그 시험 과목, 시험 영역을 계속 붙들고 있어야 할 이유가 무엇일까? 12점 이상을 받은 학생은 그래서 책을 읽고 토론하고 연애하고 여행하고 자연과 벗한다. 그 과정에서 자기 적성을 발견할 수 있고 적성에 맞아 흥미를 느끼는 교과목을 집중적으로 공부할 수 있다. '선택과 집중'이 가능하다.

우리 학생들은 88점이 아니라 99점, 심지어 100점을 받아도 그 시험 영역을 계속 붙들고 있어야 한다. 한 등수라도 올려야 하기 때문이다. 1등을 하고 1등을 끝까지 지킬 때까지. 모든 학생이 모든 과목의 모든 시험 영역에서 끝까지 해방될 수 없는 구조인 것이다. 선행학습과 반복학습을 끝없이 반복하는 우리 학생들이 흥미를 느끼며 공부하기를 기대한다면 공부에 환장한 사람이기를 기대하는 것과 같다. 너나 할 것 없이 공부에 지치고 공부가 지겹다. 자발성, 능동성을 기대할 수 없음은 물론이고 자기 적성을 찾을 수도 없다. 설령 찾는다고 해도 모든 과목에서 일등을 해야 하므로 자기 적성과 관련된 과목에 집중할 수도 없다. '선택과 집중'이 불가능하다.

다른 나라 학생들이 책과 토론과 여행으로 사회와 다양한 방식으로 만날 때 우리 학생들은 오로지 시험 문제지만 만난다. 상상력이나 창조성을 기대할 수 있을까? 인간과 사회와 만나지 않은 채 오로지 시험 문제지와 만나려고 공부하고 또 공부할 뿐인데? 그런데 도대체 무얼 공부할까?

"사람은 사회적 동물이다." 이 명제가 우리에게 요구하는 것은 명료하다. 나는 사람이다. 따라서 사람에 관해 알아야 한다. 사람에 관한 학문, 곧 인문학을 공부해야 한다. 사람은 사회적 동물이다. 따라서 사회에 대해서도 알아야 한다. 곧 사회과학을 공부해야 한다. 인문사회과학을 공부해야 하는 이유 역시 분명하다. 사회 안에서 주체적 자아로 살기 위해서다.

"사람은 사회적 동물이다"라는 명제가 주체적 자아를 지향하는 나에게 요구하는 '사람을 이해하고 사회를 보는 눈 뜨기'를 위한 학문인 인문사회과학에는 원래 정답이 없다. 정밀과학인 수학이나 자연과학과 다른 점이다. 가령 '사형제도는 폐지되어야 하는가?' 라는 질문에 '그렇다. 폐지되어야 한다' 도 정답이 아니고 '아니다, 존치되어야 한다' 도 정답이 아니다. 다만 각자의 견해가 있을 뿐이고, 그 견해가 얼마나 풍요로운지, 나름대로 정교한 논거를 갖고 있는지가 중요하다. 국어, 사회, 경제, 역사, 지리, 윤리, 도덕, 철학 등 인문사회과학 분야의 공부에 암기가 아닌 다양한 독서와 토론이 받쳐주어야 하는 이유다.

이처럼 인문사회과학은 생각과 논리를 요구하는, 정답이 없는 학문인데도 서열화된 대학은 초중고 교육을 대학입시 교육에 종속시킴과 동시에 학생들을 일등부터 꼴찌까지 줄을 세우도록 요구했다. 인문사회과학을 생각과 논리는 없고 정답이 있는 '반(反)학문'으로 왜곡시킨 배경이다. 학생들에게 생각과 논리를 물어서는 일등부터 꼴등까지 정확하게 줄을 세울 수 없기 때문에 학생들에게 인간과 사회, 사물과 현상에 관해 묻지 않는다. 학생들에게 자기 생각과 논리를 갖도록 요구하는 대신 객관적 사실에 관해 암기하도록 요구할 뿐이다. 생각과 논리의 학문을 암기과목으로 바꾼 것이다. 우리 학생들은 가령 '사형제는 폐지되어야 하는가?' 라는 물음에 자신의 생각과 그 생각을 뒷받침하는 논리를 펼치도록 요구받지 않는다. 대신에 이런 따위의 질문만 받는다.

다음 나라들 중에서 실질적으로 사형제가 폐지된 나라는?

1) 미국 2) 중국 3) 일본 4) 러시아 5) 한국

사형제도

사람이 사람을 합법적으로 죽인다. 전쟁과 사형제도는 합법적 살인에 속한다. 인간이 동물과 다른 점이다. 사형제도는 전쟁만큼 역사가 길다. 죄의 대가를 치르라고 개인을 죽이든, 전쟁의 이름으로 적대 집단을 죽이든, 사형제도와 전쟁은 합법의 탈을 쓰고 행해진다는 점에서 차이가 없다. 나는 사람이 사람을 집단적으로 죽이는 전쟁을 용인할 수 없듯이 사람을 합법적으로 죽이는 사형제를 용인할 수 없다.

죄를 지었다는 이유로 사람을 합법적으로 죽인다는 사실에 경악하지 못하는 인간이성은 합법적으로 사람을 집단적으로 죽이는 전쟁에 경악하지 못하는 인간이성이다. 사람을 집단적으로 죽이는 전쟁에 익숙해진 사람이기에 개인을 합법적으로 죽이는 일에 익숙한 것이다. 근대 이후 사형제도에 대한 반성적 성찰이 있었고 많은 나라들이 사형제를 폐지하기에 이르렀다. 프랑스는 뒤늦은 편에 속하는데, 1981년 사회당이 집권하자마자 제일 먼저 행한 조치가 사형제 폐지였다. 당시 사회당은 사형제 폐지로 시대 변화를 상징하려고 했다.

사형제도 존치를 주장하는 사람들은 흔히 가해자의 인권만 생각하지 말고 피해자의 인권도 생각하라고 말한다. 과연 가해자를 죽임으로써 피해자의 인권을 보듬을 수 있을까? 그렇지 않다는 게 진실에 가깝다. 가해자를 죽이라고 요구하는 것은 피해자의 인권을 보듬기 위해서가 아니라 우리들의 심성이 '이에는 이, 눈에는 눈'의 복수를 통해 마음이 편해지도록 훈육된 탓이 아닐까? 우리는 사형제 폐지 운동에 나선 미국의 피해자 가족 단체의 예를 살펴볼 필요가 있다.

또 사형제가 끔찍한 범죄를 줄여주는 효과가 있을까? 연구자들도, 실제 통계도 그렇지 않다고 말한다. 재범의 위험은 종신형을 현실화하는 방법으로 막을 수 있다. 이 마지막 방안을 거부하는 것은 행형편의주의에서 벗어나지 못한 탓이다. 나아가 "죄 없는 한 사람을 벌주는 쪽보다 죄지은 열 사람을 방면하는 쪽을 택하라"는 볼테르의 말을 되새길 필요가 있다. 인혁당 재건위 사건으로 억울하게 사형 당한 여덟 분은 사형제도가 없었다면 오늘날까지 살아 있었을 것이다. 오심에 의해서든 국가폭력에 의해서든 이 땅에 다시는 억울한 희생자가 생기지 않도록 해야 한다.

사형제도에 찬성하는 사람은 대개 낙태에 반대하는 경향을 보인다. 거꾸로 사형제도에 반대하는 사람은 낙태에 대해서는 비교적 너그러운 편이다. 이 모순은 결국 개인과 사회의 관계를 어떻게 바라보는가의 차이에서 비롯된다. 범죄 행위를 개인의 탓으로만 돌리는가, 아니면 사회의 책임도 고려해야 하는가? 나라마다 극우파들이 사형제도 존치에 집착하는 공통점을 보이는 것도 개인의 탓만을 강조하는 데서 비롯된 것이다. 사형제도가 개인의 책임만을 물어 사회에서 제거함으로써 그 범죄를 낳게 한 사회의 책임까지 없애려 하는 것은 아닌지 물어야 할 것이다.

　　우리나라의 경우 김대중 정권 5년, 노무현 정권 5년 합쳐 10년 넘게 사형 집행을 하지 않아서 국제 엠네스티에 의해 사형제도를 실질적으로 폐지한 나라에 들었다. 중국과 미국은 세계에서 가장 많이 사형을 집행하는 나라에 속한다. 일본도 최근까지 사형을 집행했다. 한국은 사형제도에 있어서만큼은 이들 나라에 비해 인권 선진국이라 할 수 있다. 이명박 정권이 들어선 뒤, 특히 연쇄 살인 사건이 일어나면서 사형 집행을 요구하는 목소리가 높아지고 있다. 안타까운 일이다. 유럽연합에는 사형제도를 폐지하지 않은 나라는 가입할 수 없다. 아직 유럽연합에 가입하지는 못했지만, 터키가 사형제도를 폐지한 이유다. 이런 사실들을 아는 것도 중요하지만 더 중요한 것은, 사형제도에 대한 사회구성원 각자의 생각과 그 생각을 떠받치는 풍요로

우면서 정교한 논거다.

그래서 대부분의 나라들은 중3이나 고1 교실에서 '사형제도에 대한 너의 생각은 무엇이냐?'고 묻는다. 사형제도에는 인간과 사회에 대한 물음이 함께 담겨 있기 때문이다. 이 물음은 학생들로 하여금 인간을 이해하고 사회를 보는 눈을 뜨도록 하는 데 도움이 된다. 하지만 우리의 교실에서는 이런 질문을 하지 않는다. 생각과 논리를 물어서는 일등부터 꼴찌까지 줄을 세울 수 없기 때문이다.

우리 제도교육은 '독서는 사람을 풍요롭게 하고 글쓰기는 사람을 정확하게 한다'는 유명한 명제와 인연이 없다. 학교생활의 특징 중의 하나는 글쓰기가 아예 사라졌다는 점이다. 가령 백지 한 장을 유럽 학생과 우리 학생에게 각각 주었을 때 유럽 학생은 그 위에 자기 생각을 쓰는데 우리 학생은 그 위에 똑같은 말을 거듭 반복하여 쓴다. 유럽에서 학생들에게 자기 생각을 갖도록 요구할 때, 우리는 학생들에겐 주어진 것을 외우도록 요구하기 때문이다. 자기 생각을 갖도록 요구하지 않으니 우리 학생들에게 글쓰기가 사라졌고 글쓰기를 요구하지 않으니 독서도 없고 토론도 없다. 논술이 있지 않냐고 말할 사람이 있겠지만 지금의 논술은 자기 생각과 논리의 드러냄이 아니다. 그 또한 암기와 요령의 드러냄에 지나지 않는다.

반학문

사형제도는 하나의 예일 뿐이다. 인간과 사회에 관한 물음에는 끝이 없고, 그래서 우리는 국어, 역사, 지리, 사회, 경제, 윤리, 철학 등 다양한 교과목을 배우는 것이다. 그렇다면 우리는 중고등학교에서 제대로 역사를 공부하나? 연대를 암기할 뿐이다. 국어 시간에 시를 읽고 시적 감수성을 표현하게 하나? 시를 외우고 시인의 이름과 시인이 무슨 파에 속하는지 암기한다. 초등학교 5학년 교실에서 노동의 가치에 관해 생각하도록 요구받나? 기껏해야 중고등학교 사회 시간에 노동3권이 무엇인지 암기한다.

초등학교 고학년이 되면 '가치'와 '값'이 어떻게 다른지에 대한 인식 능력을 갖추게 된다. 유럽의 초등학교 고학년 교실에서 가장 중요한 가치로 강조하는 것 중의 하나가 '노동'의 가치다. 예컨대, 영어

과목에서 'L'로 시작되는 단어 중에 우리 인생에 가장 중요한 단어로 사랑(Love), 자유(Liberty)와 함께 노동(Labor)을 가르치는 식이다. 우리 학생들에게 노동은 어떤 의미로 다가올까? 대부분의 학생들에게 노동이란 육체노동, 공장노동을 뜻하고 그래서 '하지 않는 게 좋은 것'으로 인식하는 수준에 가깝다. 대부분 노동자가 될 학생들이 일찍부터 자신을 배반하는 의식을 형성하는 것이다.

우리는 고등학교 1학년 때 성 소수자들을 어떻게 바라봐야 하는지 생각해볼 것을 요구받는가? 그런 건 하지 않는다. 성 소수자에 관한 생각을 펴는 것으로는 학생들을 일등부터 꼴찌까지 줄을 세울 수 없기 때문이다. 우리는 고등학교 2학년 사회 교실에서 '노동조합이 민주주의 발전에 미치는 영향'에 관해 내 생각을 써보라는 요구를 받는가? 그런 건 하지 않는다. 기껏해야 '유니온 숍'에 관해 암기만 한다. 그뿐이고 유니온 숍이 앞으로 노동자로 살아가야 하는 내 삶과 어떤 관련이 있는지 토론하지 않는다. 우리는 고등학교 3학년 교실에서 '모든 권력은 폭력을 동반하는가?', '예술가는 예술의 이름으로 실정법을 어길 수 있는가?'와 같은 물음에 내 생각을 펴기를 요구받는가? 아니다. 생각과 논리를 요구해서는 일등부터 꼴찌까지 정확히 줄을 세울 수 없기 때문이다.

다른 나라 교실에서는 학년이 올라갈수록 인간과 사회에 관해 더욱 정교하고 풍요로운 생각과 논리를 갖도록 글쓰기와 토론이 이루어지는데, 우리 교실에서는 학년이 올라가도 계속 객관적 사실을 암기하고 있는지만 묻는다. 간단하고 쉬운 질문에서 좀 더 복잡하고 어려운 질문이라는 차이가 있을 뿐이다. 앞에서 예로 든 "다음 나라들 중에서 사형제도가 실질적으로 폐지된 나라는?"이라는 질문은 우리나라에서 꽤 높은 수준의 오지선다 문제다.

한국에서 남다른 교육자본을 형성하여 사회 상층을 차지한 사람들은 인간과 사회를 보는 눈뜨기라는 점에서 볼 때, 올바른 생각, 풍요로우면서도 정교한 생각을 검증받은 게 아니다. 오로지 암기와 문제풀이를 잘해 그 자리에 오른 것이다. 인간과 사회에 관해 질문을 던질 줄 모르고 오직 객관적 사실에 대한 암기에서 뛰어나다는 점은 그들이 기존 체제를 지키는 가치관과 이념으로 무장하고 있음을 뜻한다. 그들의 지배를 받는 사회구성원들에게 비판 능력을 기대할 수 없다. 그들의 의식세계에는 지배세력이 기획, 의도하여 암기하도록 한, 세뇌시킨 것들밖에 없기 때문이다. 그런데도 그것을 회의하지 않고 고집하기 때문에 지배세력에 대한 자발적 복종이 관철되는 것이다. 이것이 '미친 교육'의 실상이다. 즉, 세계에서 가장 많이 공부하면서도 인간과 사회에 대해서는 자기 생각과 논리가 없어 지배세력에게 자발적으로 복종하는 사회구성원을 양산하는 .

국어교사에게 간절한 마음으로 당부한다. 학생들을 일등부터 꼴찌까지 줄 세우지 마시라. 그건 옳지도 않지만 가능한 일도 아니다.

그건 윤리적 범죄 행위에 속하며 국어 교과목을 모독하는 일이다. 사회 교과 교사에게도 똑같이 당부한다. 역사 교과 교사에게도, 지리 교과 교사에게도, 경제 교과 교사에게도, 윤리, 도덕, 철학 교과 교사에게도 두 손 모아 당부한다. 학생들을 일등부터 꼴찌까지 줄 세우지 마시라. 이유는 간단하다. 옳지도 않고 가능하지도 않기 때문이다. 이미 익숙해져 별 생각 없이 실행하고 있지만 학생의 국어 능력을 100점 만점에 88점이라고 평가할 수 있다는 게 놀랍지 않은가. 학생의 역사를 보는 안목과 이해력을 칼 자르듯 77점이라고 평가하고 줄을 세운다는 것 자체가 역사 교과목에 대한 오해를 넘어 모독이라고 해야 하지 않는가. 정밀과학인 수학이나 물리, 화학, 생물 등 자연과학인 경우에도 쉽게 동의할 수 없지만 군이 학생들을 일등부터 꼴찌까지 줄을 세우겠다면 어쩔 수 없다. 옳지는 않지만 어쨌든 가능한 일이기 때문이다.

우리 사회 젊은이들 대부분은 물질적 이해관계에서는 영리한 편이지만, 인간과 사회, 사물과 현상에 대해서는 거의 무뇌아 수준이다. 공부 시간은 세계 최장인데도 결과가 이렇다. 그렇다면 우리 학생들이 인간을 이해하고 사회를 보는 눈을 뜨는 데에는 부적합한 DNA를 타고 난 것일까? 그럴 리 없다. 학생들을 일등부터 꼴찌까지 줄 세우라는, 서열화된 대학의 요구에 따라 인문사회과학을 '반학문'으로 만든 결과다. 학생 줄 세우기 관행의 포로가 된 교사들의 책임도 무시할 수 없다. 단답형이나 오지선다 문제로 학생을 평가하는 것에 교사들의 편의주의 탓도 있을 것이다.

학생들을 등수로 줄 세우는 대신 꼭 해야 할 일이 있다. 글쓰기다. 인문학의 위기는 대학 이전에 독서와 글쓰기가 사라진 중고등학교의 '미친 교육'에서 비롯되었다는 게 내 생각이다. 사람은 사람을 이해하고 세상을 보는 눈을 뜨는 만큼 자아의 세계가 확장된다. 학생들에게 인간과 사회에 관해 자기 생각과 논리를 갖게 해야 한다. 학생들은 사물과 현상에 관해 자기 생각과 논리를 펼 때 공부의 즐거움을 느낄 수 있다.

서열

    한국 교육의 일상이 집단광란 상태에 빠진 지 오래다. 집단의 일상이 돼버렸기 때문에 광란이라고 인식하지 못하고 있을 뿐이다. 교육의 세 주체가 모두 고통에 시달리고 있다. 아이들은 학습노동에 시달리고, 학부모들은 사교육비 부담으로 고통 받고, 교사들은 비민주적인 학교에서 일상적 어려움을 겪는다. 특히 아이들이 겪는 고통은 동시대를 사는 선배로서 죄책감을 느낀다는 말로도 부족할 정도다. 과연 우리는 언제까지 이 광란의 상태를 감내할 것인가. 유엔아동권리위원회가 조기교육과 입시교육 때문에 아동과 청소년들의 인권이 침해되고 있다고 지적해도, 어린아이들이 자유로운 물고기를 부러워하며 스스로 목숨을 끊고, 수능 몇 점 때문에 청소년들이 허공에 몸을 던져도 서울대를 정점으로 한 대학서열체제를 이대로 두어야 하는가.

한국의 학벌체제는 현대판 신분제다. 대학졸업장이 있는가 없는가는 물론이고 서열화된 대학에 입학한 뒤 4년 동안 등록금을 잘 냈다는 증표로 받는 대학졸업장은 죽는 순간까지 효력을 발휘한다. 출생 시점이 아닌 만 18세에 서열이 매겨진다는 점에서 과거의 신분제와 다르지만 여기에 의미심장한 함정이 있다. 겉보기엔 경쟁시험에 의해 서열이 매겨지기 때문에 모든 사회구성원들에게 신분상승의 기회가 열려 있는 듯한 착각을 준다.

그러나 개천에서 용 나던 시절은 지났다. 지난 시절에는 일제가 망하고 분단과 전쟁을 겪으면서 사회상층에 빈 자리가 생긴 데다 경제 규모가 커져 그런 자리가 많이 늘었다. 서민 출신이 들어갈 틈새가 컸던 것이다. 그러나 지금은 그 자리들이 이미 채워졌다. 또한 '고용 없는 성장' 시대가 말해주듯 사회상층의 자리뿐만 아니라 '괜찮은' 자리도 줄고 있다. 이처럼 병목 현상이 심해지는 상황에서 엄청난 사교육비를 처들이는 부유층을 서민 출신이 따라잡아 용이 될 가능성은 로또 복권에 당첨될 확률밖에 안 된다. 한국의 교육과정은 이미 사회계층의 단순재생산을 합리화해주는 과정에 지나지 않는다. 지배세력은 끊임없이 경쟁을 부추기고 강조함으로써 경쟁을 통해 대물림으로 지배할 수 있도록 함과 동시에 교육과정이 계층의 단순재생산을 합리화하는 과정에 지나지 않는다는 점을 가리는 효과도 얻는다.

하지만 무엇보다 아이들을 아수라의 질곡에서 구해야 한다. 자연과 벗하고 친구와 벗하면서 마냥 뛰어놀아야 하는 어린 시절을 온통 좁은 공간에 가두고 학습노동을 강요하는 사회가 온전한 사회일 수 없다. 등급과 석차 스트레스, 상위권 대학에 입학해야 한다는 강박감이 아이들을 자살로까지 몰아가는 현실을 용인한 채 우리는 인권을 말할 수 없고 상식과 정의를 말할 수 없다. 인권이 침해당하는 교육현장에서 인권의식 형성을 기대할 수 없고, 어린 사회구성원들에게 끊임없이 경쟁을 강요하는 한 연대의식의 형성을 기대할 수 없다.

인권의식도 연대의식도 기대할 수 없는 학벌 경쟁은 소수의 경쟁 승리자들이 누리는 부와 지위와 권력을 더욱 강고히 하기 위한 것 이외의 목적을 찾을 수 없다. 학벌체제가 모든 사회구성원들에게 강요하는 입시지옥은 경쟁에서 낙오하거나 패배한 구성원들에게 사회적 차별을 받아들이도록 작용한다. 학벌 경쟁에서 승리한 자들은 그 보상으로 특권의식을 갖는 한편, 패배한 자들은 신분귀족화한 사회상층에 대한 견제의식을 갖지 못한다. 과거 신분제에선 그나마 기대할 수 있었던 노블레스 오블리주를 한국의 사회상층에게 기대하기 어려운 것은 이긴 자와 패배한 자 모두 학벌 경쟁에서 이긴 자들이 누리는 지위, 명예, 권력과 부를 당연한 보상으로 인식하기 때문이다. 그리고 사교육비 지출은 투자로 인식된다. 경쟁 승리자들이 누리는 특권을 투자에 대한 당연한 보상으로 여긴다. 엘리트들에게서 사회환원 의식이나 사회적 책임의식을 찾기 어려운 대신 특권의식과 집단이기주의로 무장한 패거리의 모습을 보게 되는 것은 이 때문이다.

대학서열체제를 옹호하는 사람들은 이른바 스카이(S.K.Y.) 출신들이 한국사회의 권력, 부, 지위를 독과점하고 있는 현실에 대해서 눈을 감는다. 그들은 대학서열체제를 없애면 국가경쟁력은 어디서 얻느냐고 묻는다. 그러나 대학의 경쟁력은 권력의 경쟁력이 아니라 학문의 경쟁력이다. 서울대 교수의 절대 다수가 미국 유학 출신인 점이나, 서울대 대학원 정원을 타대학 학부생 출신들이 채워주고 있는, 이른바 학벌세탁 현상도 서울대의 국내경쟁력을 말해준다. 그들은 그 학교에 없거나 부족한 학문의 국가경쟁력을 빙자하여 그 학교 출신들이 누리는 권력의 국내경쟁력을 옹호하는 것이다. 더구나 초중고 시절에 고전 한 권 제대로 읽지 않은 채 암기와 문제풀이 요령으로 획득할 수 있는 경쟁력이란 게 대체 무엇인가? 더구나 대량생산 대량소비의 시대도 아닌, 이른바 지식기반 사회라는 오늘날 창조성도 없고 상상력도 빈곤한 사회구성원에게서 경쟁력이란 게 가당키나 한가? 그것이 벗과도 자연과도 사귀지 못한 채 좁은 공간에 갇혀 등수와 등급의 노예가 되어 학습노동에 시달리면서 피폐해진 인성, 닫힌 상상력에 값할 만한 것인가? 조기유학과 국외연수 열풍, 천문학적인 사교육비에 값할 만한 것인가?

학벌체제는 모든 사회구성원들에게 평생 교육을 멀리 하게 한다. 만 18세에 인생의 서열이 거의 정해졌기 때문에 그 이후에 공부할 필요성을 크게 느끼지 않기 때문이다. 한국사회구성원은 일생 동안 기껏해야 두 번 공부한다. 대학입시를 위해 한 번, 임용이나 취직하기 위해 한 번. 남과 벌이는 경쟁에서 이기려고 두 번 긴장할 뿐, 자기성숙을 위한 모색과 긴장은 거의 죽은 사회다. 대학 도서관마다 학문을 연구하는 학생이 아니라 고시생들로 넘쳐나는 것은 한국사회에서 자기 서열을 뛰어넘는 길이 고시에 있기 때문이다. 그래서 고시 공부를 하거나 토익이나 취직 공부를 할 뿐 인문학적 기초나 사회문화적 소양을 갖추려 하지 않는다.

공자님도 잘하기보다는 좋아하라고 했고 좋아하기보다는 즐기라고 했다. 학문은 특히 그러할 터. 그러나 어렸을 때부터 학습노동으로 지칠 대로 지쳤기 때문에 공부는 이미 즐거움이 될 수 없다. 학생들이 학문을 즐기지 않는 대학에서 학문 경쟁력이 나올 리 없고 학문 경쟁력이 없는 곳에서 국가경쟁력을 기대할 수 없는 것은 당연한 귀결이다. 그런데도 국가경쟁력을 빙자하여 학벌체제를 옹호하는 주장이 수그러들지 않는 것은 학벌체제 수혜자들이 누리는 기득권이 그들의 사회인식 능력에 비해 훨씬 크기 때문이다.

자기 자신과 싸우기보다 남과 경쟁하는 데 익숙해진 우리에게

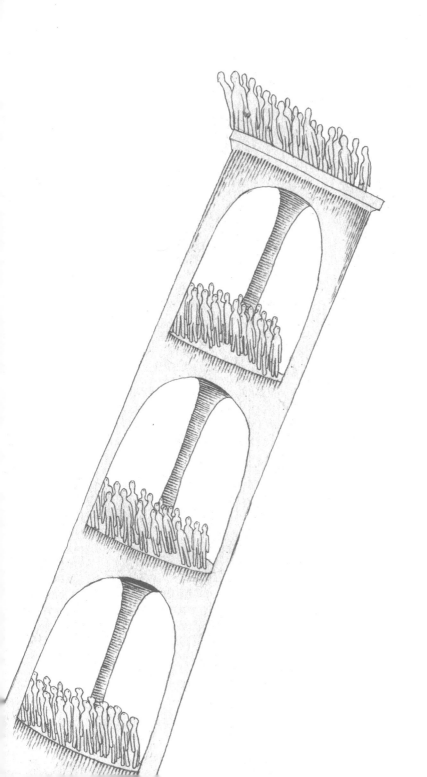

비교라는 단어는 오로지 남과 견준다는 의미일 뿐이다. 그것이 대학 간판이든 명함이든 소유물이든 남과 가진 것으로만 비교할 뿐, 어제의 나보다 더 성숙된 오늘의 나, 오늘의 관계보다 더 성숙된 내일의 관계를 비교하지 않는다. 존재와 관계의 끊임없는 자기성숙이 사라진 것이다. 대기만성형의 석학을 기대하기 어려운 것도 그래서다.

어떤 사회에서나 엘리트층은 형성되게 마련이다. 중요한 점은 그들에게 그에 상응하는 능력과 사회적 책임의식이 있는가에 있다. 한국의 엘리트층이 엘리트로서 가져야 할 능력도 부족하고, 사회적 책임의식도 없다는 것은 온 국민을 고통으로 몰아넣고 있는 광란 상태의 교육현실을 외면하는 것으로도 알 수 있다. 요즘 대학생들에게 자기 생각이 없다는 것을 '스카이' 대학 당국자들도 잘 알고 있을 것이다. 그들은 미국 대학에서 한국 출신 유학생들이 질문을 제기할 줄 모르고 토론할 줄도 모른다는 얘기를 나보다 더 자주 들었을 것이다. 그런 결과를 낳은 게 인문사회과학을 반학문으로 만든 탓임을 부정하기 어려울 터인데, 그렇게 만든 주범이 바로 그들이다. 그들이 이 점을 모르고 있다면 엘리트로서 능력이 없다는 점을 말해주는 것이고, 알고 있다면 사회적 책임이 없다는 비판 정도가 아니라 파렴치한 기득권 수혜자라는 말을 들어 마땅할 것이다.

대학평준화라는 말에서 하향평준화를 떠올리는 사람, 대학평준화가 현실성이 없다고 말하는 사람은 부디 우물 안 개구리의 시각에서 벗어나길 바란다. 한국의 대학서열체제는 세계에서 그 유례를 찾을 수 없다. 부디 작은 상상력이라도 발동하기 바란다. 서열화된 대학에 입학하면서 경쟁이 거의 마감되는 구조와 평준화된 대학에 입학하면서 경쟁이 시작되는 구조 중에 어느 쪽이 경쟁력을 갖출 수 있을까? 국가경쟁력을 위해서도 사회구성원들을 대학 간판의 억압에서 해방시켜야 한다. 사회구성원들이 공정한 경쟁의 규칙 아래 남과의 경쟁만이 아니라 자기와 부단히 싸우면서 성숙의 길을 모색할 때, 그 과정과 결과가 사회적으로 인정받는 구조가 될 때 국가경쟁력을 얻을 수 있고 민도를 높여 문화국가의 지평을 열 수 있는 것이다.

복종

우리가 다녔고 우리 아이들이 다니는 학교는 왜 그렇게 생겼을까? 달리 생기지 않고 왜 꼭 그렇게 생겼을까? 이 땅에 근대식 학교로, 관립 소학교는 1894년에, 관립 중학교는 1900년에 처음 세워졌다. 조선이 망해갈 즈음이었다. 다시 말해, 이 땅에 근대식 학교를 정형화한 지배세력은 군국주의 일본이라고 해도 크게 틀리지 않는다. 그러면 군국주의 일본이 왜 이 땅에 학교를 세웠을까? 조선 사람을 위해서? 그렇지 않다는 것은 누구나 알고 있다.

군국주의 일본이 이 땅에 학교를 세운 목적은 첫째, 조선 사람에게 황국신민이 되어 일본 왕에게 자발적으로 충성하도록 하기 위해서였다. 우리가 다녔던 국민학교의 '국민'은 본디 '일제 천황에게 충성을 다짐하는 국민'을 말했다. 일제는 독립운동을 하는 조선인들을 불령선인이라 했고 '비(非)국민'이라고 불렀다. 이 땅의 근대식 학교는 애당초 조선 사람의 정체성을 스스로 배반하고 일본 사람이 되도록 하는, '존재를 배반하는 의식화'의 장이었다. 둘째 목적은 전시동원 체제에 맞춰 일찍부터 총알받이로 만들려는 군사교육 훈련장이 필요해서였다. 첫째 목적이 의식을 통제하는 데 있었다면, 둘째 목적은 몸을 통제하는 데 있었다. 몸의 통제가 의식을 통제하는 데 얼마나 효과적인지 미셸 푸코가 강조한 바 있다. 마지막 셋째 목적은 식민지 중하급 관리자, 즉, 식민지 관리를 위한 마름 양성에 있었다. 당시 피지배자인 조선 사람들은 첫째, 둘째 목적은 당연한 일로 받아들이면서 주목하지 않았고 주로 셋째 목적에 주목했다. 계층상승의 기회가 학교에 있었다. 식민지 중하급 관리자가 되어 이른바 출세를 하려면 당연히 군국주의 일본이 요구한 첫째와 둘째 목적에 충실히 따라야만 했다. 일제 강점기에 '출세한' 사람 대부분이 일제부역자가 되었던 것은 출세하려면 박정희처럼 몸과 정신이 모두 일본인이 되어야 했기 때문이다.

군국주의 일본의 이러한 목적에 가장 적합한 학교가 군사학교였다. 우리가 별 생각 없이 학교의 보편적인 모습으로 받아들이고 있는 학교 건물 구조가 병영 구조와 같은 것은 그런 이유에서다. 교문 옆 수위실은 위병소고, 운동장은 연병장이고, 구령대는 사열대다. 일제가 망한 뒤에 일제부역 세력을 청산하지 못했듯이 민주공화국이 선

뒤에도 일제시대의 학교구조는 그대로 남았다. 군국주의 일본이 학교를 세운 세 가지 목적은 내용만 바뀌었다. 황국신민화의 자리는 반공과 안보 의식화가 대신했다. 민주화의 진전에 따라 반공, 안보 의식화는 줄어들긴 했지만 오늘에도 학교에서 강조하는 것은 민주주의, 자유, 평등, 정의, 공공성이 아니라 질서와 국익, 경쟁이다. 군국주의 일본의 둘째 목적이었던 '몸의 통제'는 80년대까지 교련으로 계속되었고 지금도 '앞으로 나란히!'를 비롯하여 교문지도, 두발단속으로 남아 있다. 식민지 마름 양성이라는 셋째 목적은 식민지에서 벗어났다는 점에서 달라졌지만 첫째와 둘째 목적의 구조가 바뀌지 않은 상황에서 지배세력에 대한 자발적 복종의식을 내면화한다는 점에서는 차이가 없다.

　대한민국은 '민주공화국'이다. 그렇다면 대한민국 공교육의 일차적 소명은 대한민국 국민을 민주공화국의 구성원으로 만드는 일이다. 학교 구조도 그 목적에 맞게 바뀌었어야 마땅했다. 그러나 학교 구조가 일제 강점기 시대 그대로이듯 대한민국의 공교육에 민주공화국 이념은 있어 본 적이 없다. 교장-교감 임용제도를 중요한 고리로 국가주의 교육을 편다는 점도 그대로다. 교장-교감 임용제도는 민주적인 공간이어야 할 학교를 권위주의, 관료주의 터전으로 만들었다. 또한 국가권력의 요구에 충실한 사람이어야만 교장, 교감이 될 수 있게 했다. 진정한 자유인인 교사는 교장, 교감이 될 수 없고, 그들은 '평교사 선언'이 말해주듯 스스로 교장, 교감이 되지 않는다.

한국의 각급 학교 교장, 교감의 속성은 자유인이 아니라 마름이다. 그들은 국가권력의 지침과 하달에는 매우 충실한 마름이지만 단위 학교에서는 봉건 영주처럼 군림한다. 학교가 민주화되지 않는 한, 국가권력의 요구에 따르는 국가주의교육은 계속 관철될 수밖에 없다. 교장, 교감들이 교육과 관련 없는 일에 동원되어 국민 세금을 축내고 큰 책상머리에 앉아서 졸 때, 교사들에게 부과되는 잡무는 늘어난다. 이것은 모두 국가주의교육 때문이다.

미국산 쇠고기 수입 반대 촛불문화제에 중고생들이 참여했다. 그들이 촛불문화제에 나온 배경에는 미국산 쇠고기 수입 반대와 함께 교육과학기술부가 발표한 이른바 학교자율화 조치에 대한 불만도 작용하였다. 그들은 "미친 소, 너나 먹어!"에 이어 "미친 교육, 집어치워!"라고 외쳤다. 왜 중고생들은 학교자율화에 불만일까? '자율화'라는 말은 분명 좋은 뜻을 품고 있는데? 실상 교육과학기술부가 내놓은 학교자율화는 이상한 내용으로 채워져 있다. 0교시 수업, 야자 · 보충수업, 우열반 편성을 가능하게 했고, 학원 강사가 학교에서 보충수업을 할 수 있게 했으며, '촌지 안 주고 안 받기 운동계획'도 폐기하여 찬조금과 촌지를 걷는 일을 수월케 했다.

학교의 자율화를 말하려면 먼저 학교의 주체가 누구인지 말해야 한다. 학교자율화란 곧 그 주체의 자율화를 말하기 때문이다. '교육의 세 주체'인 학생, 교사, 학부모가 학교의 주인인가, 아니면 교장이나 이사장, 또는 그들을 관리, 감독하는 교육감이 학교의 주인인가. 이 물음에 대한 답에 따라 학교자율화의 속내를 알 수 있는데, 우리는 모두 이미 답을 잘 알고 있다. 학교의 주인은 교육의 세 주체인 학생, 교사, 학부모가 아니라, 교장, 이사장이며 교육감이라는 사실을. 따라서 교육과학기술부가 내놓은 학교자율화란 '교장 – 이사장 – 교육감 마음대로'라고 '정언' 해야 마땅하다. 교사회, 학생회가 법제화되어 있지 않아 학교 운영과 관련된 모든 결정에서 학생과 교사는 소외되어 있고 학부모회는 대부분 교장의 거수기 노릇을 하고 있다. 어제나 오늘이나 교장에 따라 학교 분위기가 달라지는 게 우리 학교의 현실이다. 우리 학교는 민주공화국의 학교가 아니다.

프랑스의 한 초등학교 교문에 작은 글씨로 새겨진 '자유, 평등, 박애' 라는 세 단어를 한참동안 바라본 적이 있다. '자유, 평등, 박애' 라……. 프랑스 공화국의 국가이념은 '청' '백' '홍' 삼색기로 상징하는 '자유 평등 박애' 이다. 그들이 공교육의 현장인 학교에서 자신들의 국가이념을 강조하는 것은 당연한 일이다. 물끄러미 '자유, 평등, 박애' 의 세 단어를 쳐다보면서 나는 "저렇게 긍정적인 가치를 강조하는구나." 하고 상념에 젖었다. 이유는 6년 동안 다닌 국민학교 담벼락에 큼직하게 써 있던 '반공, 방첩' 이라는 단어가 떠올랐기 때문이다. 나는 암기 능력이 괜찮은 편이라 5.16 쿠데타 이후 반세기

지난 지금도 이른바 '혁명공약' 제1항을 기억하고 있다. "우리는 반공을 국시의 제일의로 하고…… 미국을 위시한 자유 우방과의 유대를 더욱 돈독히 한다." 내가 다닌 학교에 민주공화국은 없었다. 국민학교뿐만 아니라 중고등학교 그 어디에도 민주공화국은 없었다. 대한민국이 민주공화국이라면 공교육의 현장인 학교에서 민주시민 의식을 형성하고 공공성의 가치를 강조해야 한다. 하지만 초중고 어디에도 민주공화국은 없었다. 지금도 마찬가지다.

우리에겐 역사상 군주제를 극복하고 근대 공화국을 건설하기 위해 싸운 경험이 거의 없다. 인류 역사에서 근대 공화국의 건설은 수천 년 동안 이어져 온 '군주의 사적 소유물'로서의 군주국 체제와 사회 곳곳에 강고하게 자리 잡은 기득권 구조를 부숴야 하는 그야말로 엄청난 과업이었다. 군주국과 결별하기까지 인류는 지난한 투쟁 과정과 담론형성 과정을 거쳐야 했다. 우리에겐 그런 과정이 생략되었다. 조선이 일제에 망하고 일제가 2차대전에서 연합국에 패한 결과로 거의 공짜로 얻은 게 우리의 민주공화국이다. 스스로 싸워서 획득하지 않은 제도는 아무리 좋은 제도라고 해도 빈껍데기로 남기 쉽다. 따라서 공교육에서 민주공화국의 이념은 더욱 강조되어야 하는 것이다. 하지만 대한민국의 공교육에서는 민주공화국의 이념이 아니라 반공, 방첩, 숭미와 질서, 시장, 국익, 경쟁, '기업하기 좋은 나라'만이 강조된다.

우리가 학교에서 제일 먼저 듣는 말은 '차렷!', '열중 쉬어!' 라는 군대식 명령어다. 우리가 학교에서 제일 먼저 학습하는 것은 국어와 수학이 아니다. '앞으로 나란히!' 라는 군대식 명령어에 따른 줄서기다. 즉 타율적 질서의식을 몸에 익힌다. 월요일 아침마다 병사들처럼 줄을 서서 교장이라는 이름의 부대장에게서 '기초질서를 잘 지켜라!', '국가에 충성하라' 등의 내용을 주입 받고 일주일을 시작했다. 중학생이 되면 교복을 입어야 하고 교문에서 두발단속, 복장단속을 받아야 한다. 질서가 이 사회에서 가장 중요한 가치인 양 배운다. 이 질서의식에는 자율성이 배제돼 있다. 강제성이 있거나 남이 볼 때에만 지킨다. 질서를 강조하지 않고 줄 서기도 하지 않는 다른 나라 교실보다 질서를 강조하는 한국의 교실이 더 무질서한 이유는 자율성이 배제된 교육 탓이다.

자유의 반대말은 '억압'이다. 하지만 안보와 질서 이데올로기에 세뇌된 한국사회구성원들에게 자유의 반대는 '억압'이 아니라 '무질서'나 '불안'이다. 노동자들의 파업 소식을 들은 사회구성원들의 반응은 '왜 파업을 일으켰을까?' 라는 물음이 아니다. '파업=무질서=불안'이라는 정해진 등식에 따라 '웬 파업이야!' 라는 반대의사를 노골적으로 드러내고 파업에 대한 공권력의 억압에 자발적으로 동의한다.

봉건사회에서 신의 '명령'(order)으로 받아들여졌던 신분 '질서'

(order)는 인류 역사상 인간에게 강제된 질서 중에서 가장 무섭고도 강고한 것이었다. 왕의 자식은 왕자이고, 귀족의 자식은 귀족이며, 노예의 자식은 노예이다. 서자의 자식은 아비를 아비라 부르지 못하고 형을 형이라 부르지 못한다. 그 신분질서 이념은 봉건시대에 왕후장상과 성직자들의 지배를 원활하게 했던 강력한 지배이념이었다. 기존 질서와 체제에 자발적으로 복종하는 사회구성원을 길러낸다는 점에서 오늘날 학교에서 일상적으로 행해지는 질서교육은 과거의 신분질서 이데올로기를 펴는 것과 다르지 않다. 사회적 약자들의 사회정의 요구는 내면화된 질서이념에 의해 배척되고, 근대 민주공화국의 원칙은 여지없이 무너진다.

과거 봉건사회의 노예들에게 신분질서를 스스로 지키도록 내면화한 것보다 더 강력한 지배 장치는 없었다. 그러한 봉건사회의 신분질서 이념을 자유와 평등 이념으로 무너뜨리고 태어난 것이 근대공화국이다. 그렇다면 민주공화국의 학교에서 자유와 평등을 강조해야 할까, 아니면 질서를 강조해야 할까. 질서를 강조하는 대한민국의 학교는 일제 강점기 때처럼 지배질서에 자발적으로 복종하는 노예를 기르고 있는 것이다.

국가보안법이 수많은 사람들의 인권을 유린하고 죄 없는 사람을 감옥에 가두고 죽음에 이르게 했다는 점을 우리는 알고 있다. 그러나 그 정도에서 멈춘 게 아니다. 텔레비전 토론 프로그램에서 한 시청자가 이렇게 말했다. "나는 아무런 불편을 느끼지 않습니다. 국가보안법이 있다고 해도 나에게는 아무런 일이 없거든요." 과연 그럴까? 가령 무상교육제도에 대해 그는 어떤 생각을 하고 있을까. 무상교육제도는 서민들의 처지를 개선해주는 제도인데도 그 제도에 이끌리기는 커녕 스스로 거부하도록 하는 것. 이것이 바로 국가보안법이 요구했던 바라는 것을 그는 알고 있을까. 사람들을 가두고 인권을 침해하는 데 그치지 않고 사회구성원들의 의식을 반신불수로 만드는 것이 국가보안법의 궁극적인 목표였다는 것을 그는 알고 있을까. 안보, 질서, 반공이념으로 무장시킴으로써 자신의 처지가 요구하는 무상의료제도나 무상교육제도를 스스로 거부하도록 의식을 심어주었다는 것을 그는 알고 있을까?

한국사회는 구성원들에게 대학교육까지 받기를 강요하고 있다. 대학교육을 받지 않으면 사람 대접 받기 어려운 사회다. 대학물을 먹지 않으면 '몇 학번이죠?' 라는 언어폭력을 비롯하여 갖가지 차별을 당하고, 일자리 찾기에서도 열악한 처지에 놓인다. 하지만 한국사회는 구성원들에게 대학교육까지 받을 것을 요구할 뿐 책임지지 않는다. 수많은 사회구성원들이 어려움 속에서 대학교육까지 받고자 몸부림치고 있다. 지금 한국은 1인당 국민소득 2만 달러를 자랑한다. 유럽 나라들이 대학교육을 무상 또는 준 무상으로 한 때가 1인당 국민소득 수준 1만 달러 이전이었음을 돌아보면 우리 사회의 물적 토대는 무상교육을 실시하고도 남는다. 그럼에도 '사회'는 '구성원'들에게 대학에 가길 강요할 뿐 그 비용을 지불하지 않고 구성원들 각자에게 부담시킨다. 그뿐인가. 서열화된 대학체제에서 상위권 대학에 가기 위한 치열한 경쟁은 사교육의 창궐을 불러왔고, 구성원들은 매년 20조원이 넘는 사교육비를 지불하고 있다. 사회가 지불하지 않기 때문에 구성원들이 필요 이상으로 지불하고 있다고 할 수 있다. 대학입학률이 세계 1위로 80퍼센트를 넘는 것도 대학에 가지 않으면 사람 대접 받기 어려운 사회를 반영하는데 그렇게 높은 대학입학률을 보이는 한국과 기껏해야 20~30퍼센트에 지나지 않는 나라들 중 어느쪽에서 무상교육이 실시되는 게 더 순리에 맞을까? 그런데 무상교육제도가 아직 먼 꿈으로 남아 있는 까닭은 국가보안법이 상징하는 안보의식을 통하여 무상교육제도를 불온한 사상의 요구인 양 의식이 형성되었기 때문이다.

근대 공화국은 보편적으로 '자유로운 시민들이 공익을 목표로 하는 사회로서, 법의 권위가 지배하는 국가'라는 의미를 갖는다. 주체(자유로운 시민들)가 있으며 목표(공익)가 있고 수단(법의 권위가 지배하는 국가)이 있다. 한국이 민주공화국이 아닌, 그냥 공화국이라고 해도 용산 참사와 같은 일은 일어날 수 없다. 나라의 주체인 자유로운 시민을 대상으로 진압작전을 편 경찰은 공화국의 경찰일 수 없기 때문이다. 그러나 우리에게 공화국은 '군주국의 반대'라는 의미만 있을 뿐이고, '대통령을 뽑는 것'으로 공화국이 완성된 양 집단 착각에 빠져 있다. 주체도 없고 목표도 없고, 다만 '법의 권위가 지배하는 국가'의 개념만 남아 있다. 그것도 실상은 '법의 권위'가 아닌 '힘과 돈'이 지배하는 국가로.

헌법 제1조에 따르면 대한민국 국민은 민주공화국의 구성원이다. 하지만 우리 중에 공화국의 어원(res publica : '공적인 일')을 알고 있는 사람은 많지 않다. 그렇게 공부를 많이 하고 암기를 많이 했는데도 유독 공화국에 대해선 오로지 군주국의 반대로만 알고 있다. 공화국의 반대는 군주국이고, 그 어원인 '공적인 일'의 반대는 당연히 '사적인 일(res privata)'이다. 모든 사회구성원이 공화국을 군주국의 반대로 알고 있을 뿐 공화국의 어원이 '공적인 일'임을 알지 못하는 비대칭성이 낳은 것 중 하나가 공공성의 죽음이다. 공공성을 담보해야 하는 나라의 공적 부분이 온통 사적 이익을 창출하는 장이 돼버린 것이다. 가령 정당은 공당(公黨)이어야 한다. 공익을 지향해야 하기 때문이다. 그러나 대한민국의 정당은 거의 사적 이익을 추구하는 정치꾼들의 이합집산의 장이었고, 공당이 아닌 사당(私黨)이었다. 공교육의 장도 일찍부터 시장과 자본이 침투한 사적 이익 창출의 장으로 변질되었다. 사교육이 창궐되기 이전부터 사익을 창출하는 사립 중고등학교와 사립대학교가 우후죽순처럼 세워졌다. 공교육이 일찍부터 훼손된 것이다.

언론을 가리켜 공기(公器), 즉 공적 그릇이라고 부른다. 공익을 담보해야 하기 때문이다. 그러나 오랫동안 방송과 신문은 권위주의 독재정권의 하수인이나 나팔수 노릇을 해왔다. 그러다 권위주의 정권이 물러가고 절차적 민주화가 이루어지자 물신주의에 포섭되는 사회구성원들을 길러내는 데 앞장서고 있다. '조중동' 같은 족벌언론은 '공적 그릇'이어야 하는 신문을 자신들이 누리는 신문권력과 족벌자본의 이익을 극대화할 수 있는 정치사회 환경을 만들기 위한 무기로 변질시킨 사악한 사익추구 집단이다. 우리 사회에서 공익성이란 이른바 필수 '공익' 사업장의 직권중재 제도나 '필수업무' 강제제도처럼 노동자들의 '공공성' 요구를 탄압하려고 동원될 때만 그 의미를 가질 뿐이다.

1948년 민주공화국이 선포되었지만 친일파로 불리는 일제부역세력은 청산되지 않았다. 청산되지 않았을 뿐만 아니라 이른바 민주공화국의 모든 공적 부분을 장악한 지배세력이 되었다. 정치, 경제, 법조, 경찰, 군사, 언론, 교육, 종교의 모든 부분에서 일제부역세력에 뿌리를 둔 세력이 지배하지 않은 곳을 찾기 어렵다. 정통성을 가질 수 없었던 그들은 미국의 힘을 빌려 부족한 부분을 채웠고, 분단 상황에서 '보수'와 '민족'을 참칭함으로써 또 다른 부분을 채웠고, '지역'으로 채웠다. 민족을 배반한 사익추구 집단이 실질적인 지배세력이 되었으니 민주공화국은 첫 단추를 잘못 끼운 정도가 아니라 옷을 완전히 뒤집어 입은 셈이다.

민주공화국이 우리에게 신기루에 지나지 않듯이 민주공화국의 공교육은 애당초 없었다. 공공성이 없는 제도교육은 사회구성원들 사이에서 사익추구의 유리한 고지를 점령하기 위한 전쟁터로 남았다. 누가 재판관, 대학교수가 되며, 누가 공장노동자, 실업자가 되는가. 누구의 자식이 고위관료, 의사가 되며, 누구의 자식이 비정규직 노동자가 되는가. 학교가 계급투쟁의 현장인 점은 다른 나라들과 마찬가지다. 그런데 공공성이 완전히 실종되었다는 점이 한국의 특징이다. 사익을 추구하는 지배계급의 대물림 구조는 '영어유치원 – 사립초 – 국제중 – 특목고, 자율형사립고 – 서열화된 대학 – 미국 유학'의 과정을 통해 더욱 공고해졌다.

어쩌다 서민의 자식이 '개천에서 용 나' 교육자본을 통해 계층 상승에 성공한다고 해도 계급구조에 있어서 달라지는 것은 없다. 서민 출신도 교육자본을 형성하여 일단 출세하면 출신 계급의 이익을 위해 복무하지 않기 때문이다. 개천에서 용 나기가 무척 어렵지만, 어렵사리 개천 출신이 용이 된다 하더라도 그는 이미 개천 사람들의 이익을 대변하지 않는다. 애당초 개천 출신은 지배계급의 충실한 '마름'이 된다는 조건에서만 능력을 인정받을 수 있다. 지배의 대물림 구조는 공고하기 이를 데 없는 것이다.

대학의 서열화로 초중고 교육은 입시에 완전히 종속되었다. 서열화된 대학구조는 앞서 보았듯이 초중고 교육에 심각한 왜곡을 불러왔고, 사회문화적 소양이나 비판적 안목 갖추기를 애당초 불가능하게 함으로써 지배계급에 대한 자발적 복종에 대해 비판적으로 성찰할 수 있는 능력을 박탈했다. 이 땅의 서민들은 "똑똑한 한 놈이 아흔아홉 놈을 먹여 살린다"는 지배세력의 주장을 별 저항 없이 받아들인다. 대부분의 사회구성원들은 자기 자신을 '먹여 살림'을 당하는 '아흔아홉'에 일치시키기보다 먹여 살리는 '하나'에 일치시켜 생각한다. 똑똑한 한 놈이 아흔아홉 놈을 먹여 살린다면 구체적 근거를 대라고 요구해야 마땅하지만 그런 문제제기를 하지 않는다. 또 설령 똑똑한 한 놈이 아흔아홉 놈을 먹여 살린다고 해도, 우리가 꼭 그런 사회를 지향해야 할 것인가, 라는 사회비판 의식도 없다. 사익추구 집단의 지배구조는 흔들리지 않는다. 지배세력에게서 공공성의 가치를 기대할 수 없는데 그러한 지배세력에 대한 비판의식도 기대할 수 없기 때문이다.

'왜?'의 죽음

　서열화된 대학구조가 인문사회과학을 반학문으로 왜곡시킴으로써 학생들의 '자기 생각과 논리'를 죽였다면, 각 가정은 아이들의 '왜?'라는 질문을 죽였다. "논리로 안 되면 인신을 공격하라." 고대 로마의 정치가이자 학자인 키케로의 말로 전해진다. 토론이나 논쟁을 할 때 상대방에게 논리로 밀릴 것 같으면 상대방의 인신을 공격함으로써 자리를 모면하는 사람들을 빗대서 한 말일 것이다. 우리 사회는 21세기에 "논리로 안 되면 인신을 공격하라"는 키케로의 말을 아주 잘 따른다.

　미국산 쇠고기 수입 반대의 목소리를 내기 위해 촛불집회에 나온 사람들에게 "배후가 누구냐?", "그 많은 초 값은 누가 지불했냐?"고 묻거나 "너, 좌빨이지?" "너, 반미지?"라고 추궁한다. 이런 추궁에

응수하기란 참으로 난감하다. "나, 배후 없어", "나, 빨갱이 아냐", "나, 반미 아냐"라고 답하는 순간 이미 토론은 불가능하다. 교육감 선거를 '전교조/반전교조'의 틀로 규정하는 것도 마찬가지다. 상대 후보에게 어떤 교육정책을 갖고 있는지 묻는 대신 "너, 전교조랑 친하지?"라고 묻는 꼴이기 때문이다. 신문 칼럼에서도 논리가 없거나 빈약한 억지 주장이 담긴 글을 자주 만난다. '백분토론' 같은 프로그램에서도 논리 전개 없이 처음부터 끝까지 똑같은 말을 반복하는 토론자를 자주 볼 수 있다. 자동차 접촉 사고가 났을 때 "당신 몇 살이야?"라고 묻는 나라는 한국뿐일 것이라는 얘기를 우스갯소리로만 돌릴 일이 아니다.

사람은 회의(懷疑)하는, 즉 의심을 품고 질문을 던지는 동물이다. '왜'라는 질문을 가져야 마땅하다. 프랑스에서 말하기 시작한 어린 아이들이 가장 많이 사용하는 단어 통계에 관해 읽은 적이 있다. 첫째는 당연히 '엄마'였는데 둘째는 '아빠'나 '맘마', '싫어'가 아니라 '왜?'였다. 생각하는 동물인 사람이 말하기 시작했을 때 세상만사는 온통 질문거리이므로 '왜?'라고 질문한다. 비는 왜 오고, 하늘은 왜 파랗고, 손가락은 왜 다섯 개인가……. 이렇게 아이가 '왜?'라는 질문을 꼬리 물듯이 던지는 것은 동서고금을 막론하고 똑같다. 하지만 이에 대한 부모의 반응은 그 나라에서 대물림되는 습속에 따라 다르다.

우리 사회 부모들은 '상대방의 처지에서 생각한다'는 역지사지 (易地思之)를 알고 실행한다면 절대로 해선 안 되는 대답을 주로 한다. "크면 다 알아!"가 그 중 하나다. 아이의 처지에서 보면 엄마 아빠는 이미 다 컸다. 그런데 "크면 다 알아!"라니, 엄마 아빠는 알고 있다는 얘기인데 왜 대답을 해주지 않고 그냥 넘어 가나? 또는 "나도 몰라!", "몰라도 돼!"라며 불성실하게 대답하다가 급기야 "바빠 죽겠는데……" 하면서 야단을 친다. 우리는 기억하지 못하지만, 우리는 어렸을 때 '왜?'라는 질문을 던지는 데 주눅 들어야 했고 결국 '왜?'라는 질문을 스스로 죽였다. 가장 가까운 엄마와 아빠에게 거부당한 '왜?'라는 질문을 누구에게 던질 수 있겠는가? 우리는 학교를 비롯해 어디에서도 '왜?'라는 질문을 감히 던지지 않는다.

'왜?'라는 질문이 사라졌다는 것은 대화와 토론이 사라졌다는 것을 뜻한다. 가령 한국의 가정 중에 식구들끼리 인간과 사회에 관해 대화하고 토론하는 가정이 몇이나 될까? 거의 없을 것이다. 부부 사이나, 부모 자식 사이에 말을 주고받긴 하지만 그 내용은 인간과 사회에 관한 견해를 나누기 위한 게 아니라 무엇인가 요구하기 위해서다. 부모는 자식에게 공부나 잘하라고 요구하고, 자식은 부모에게 돈이나 달라고 요구하는 관계에서 크게 벗어나지 않는다. 이처럼 가정에서 요구를 주고받는 관계는 학교와 직장에서 명령과 지시를 내리고 받는 관계로 바뀐다. 어디에서도 수평적 관계의 대화와 토론은 없다.

우리 사회에서 합리성의 추구나 토론문화가 발전하지 못한 데에는 '미친 교육'의 탓이 크지만 그 이전에 각 가정에서 '왜?'라는 질문을 죽인 탓도 무시할 수 없다. '왜?'라는 질문을 통해 논리를 끌어내고 그것으로 상대방을 설득하기보다는 힘과 권위로 누르거나 다수의 논리로 밀어붙이는 사회에서 합리성 추구나 토론문화는 설 자리가 없다. 사적 관계에서도 주로 명함이 가진 힘과 권위가 작용하는 것 역시 '왜?'라는 질문이 죽었기 때문이다. 정치가 합리적 보수와 건전한 진보 사이의 경쟁 게임이 되기 위해서도, 가정 폭력을 줄이기 위해서도 각 가정에서 '왜?'라는 질문을 살려야 한다.

탈의식

　　이렇게 각 가정은 '왜?'라는 물음을 죽였고 각 학교는 '생각과 논리'를 죽였다. 그리고 각자의 의식세계는 지배세력이 요구한 것으로 채웠다. '조중동'은 그 의식을 일상적으로 확인시켜주는, 어렵지 않은 임무를 수행한다. 남을 설득해본 사람은 안다. 남의 생각을 바꾸는 일이 얼마나 어려운지. 오늘날 노동운동, 시민사회운동이 대중성을 확보하기 어렵고 사회진보가 어렵고 느릴 수밖에 없는 이유가 여기에 있다. 사회구성원들의 의식을 바꾸는 만큼 사회진보를 도모할 수 있는데, 대부분의 사회구성원들은 지배세력이 주입한, 자신을 배반하는 의식을 고집하기 때문이다.

　　의식화나 계몽 대신 나는 '탈의식'을 주문한다. 지배세력에 의해 주입되고 세뇌된 의식을 벗고 발가벗은 존재가 되자는 것이다. 존재를 배반하는 의식을 벗어내고 존재가 원하는 대로 생각할 수 있도록 하는 데서 출발하자는 것이다. 운동권에서 흔히 '의식화'를 말하지만 여기엔 중대한 잘못이 있다. 첫째 잘못은 사회구성원들을 아무런 의식을 갖지 않은 자 혹은 중립적 의식의 소유자인 양 보고 있다는 점이다. 둘째 잘못은 사회구성원들에게 '존재를 배반하는 의식화'가 관철돼 왔다는 점을 간과하고 있다는 점이다. 어느 시대, 어느 사회에서든 지배세력은 의식화의 주체고, 대중은 객체이며 대상이다. 운동권이 사용한 '의식화'라는 말은 "사회적 존재가 의식을 규정한다"는 고전 명제가 한국사회구성원 모두에게 적용될 수 있다는 착각을 주었다. 하지만 안타깝게도 한국의 사회구성원은 자신의 존재에 걸맞는 의식을 갖고 있지 못하다.

민주적인 공간이 아닐 때 학교는 지배세력에게 자발적으로 복종하는 의식과 가치관을 형성하는 장이 될 수밖에 없다. 마르크스도 교육이 '존재를 벗어나는 의식'을 형성할 수 있다는 위험을 제기한 바 있는데, 특히 한국은 일제 강점, 분단, 전쟁과 독재로 얼룩진 역사 속에서 지배세력에 의한 의식 주입과 세뇌가 전일적이며 격심하게 이루어졌다. 전 세계에서 한국처럼 "사회적 존재가 의식을 규정한다"는 고전 명제가 오로지 기득권세력에게만 일방적으로 적용되는 사회를 찾아보기 어려울 것이다. 기득권세력은 기득권세력에 맞는 의식을 가진 반면, 그렇지 못한 사람은 그렇지 못한 사람으로서의 의식을 가진 게 아니라 기득권세력이 갖도록 요구한 의식을 갖고 있다.

"사회적 존재가 의식을 규정한다"는 뜻은 단순명료하다. 자본가는 자본가의 일상과 이해관계에 따라 자본가 의식을 갖고, 노동자, 농민은 노동자, 농민의 일상과 이해관계에 따라 노동자, 농민 의식을 갖는다는 것이다. 하지만 한국의 노동자들 중 노동자의식을 가진 사람은 극소수에 지나지 않는다. 노동자의식을 가진 극소수의 노동자들도 "사회적 존재가 의식을 규정한다"는 명제에 따라 자연스럽게 노동자의식을 가진 게 아니다. 다른 노동자들과 똑같이 지배세력에 의해 의식화되었던 반노동자의식을 '반전'시킨 특별한 계기를 통해서 노동자의식을 갖게 된 것이다. 이렇게 특별한 계기를 가진 노동자는 소수에 지나지 않고, 절대 다수 노동자들은 계속 반노동자의식을 갖고 그 의식을 고집한다. 농민의식, 서민의식도 마찬가지다. 이들 역시 "사회적 존재가 의식을 규정한다"는 명제에 따라 농민의식, 서민의식을 가진 게 아니다. 다른 농민이나 서민들과 마찬가지로 지배세력에 의해 의식화되었던 반농민의식, 반서민의식을 '반전'시킨 특별한 계기를 통해서 농민의식, 서민의식을 갖게 된 것이다.

한국사회구성원의 의식이 존재의 요구에 귀기울이기 어려웠던 것은 분단 상황 아래 안보의식화, 질서의식화, 숭미사대 의식화, 물신숭배 의식화, 지역주의 의식화가 강력하게 관철돼왔기 때문이다. 가령 집안에 병자가 생기면 대다수의 우리 사회구성원들은 병 걱정보다 돈 걱정이 앞선다. 이럴 때 '무상의료'에 비상한 관심을 가져야 마땅하다. 존재의 요구이기 때문이다. 하지만 그들은 무상의료에 관심을 갖는 것이 아니라 오히려 의혹의 눈길을 보내면서 스스로 거리를 둔다. 무상교육에 대해서도 마찬가지다. 기껏해야 "무상교육, 무상의료라…… 그거 좋긴 좋은데 그 비용을 어떻게 대나?"라면서 기득권세력의 편을 들어주는 것으로 논의를 끝낸다.

한국의 정치는 한국사회구성원들의 정치의식의 반영이며, 한국의 인권상황은 한국사회구성원들의 인권의식의 반영이다. 한국의 대북관계나 대미관계는 한국사회구성원들의 북한과 미국에 대한 의식의 반영이다. 다른 날도 아닌 삼일절 날 "우리는 미군을 사랑합니다"라는 구호를 자랑스럽게 내걸고 전시작전통제권 환수 반대를 외쳐대는 시청 앞 군중도 그처럼 형성된 의식의 반영이다. 또한 '조중동'이 일간지 시장의 70퍼센트 이상을 차지하는 것도, 시민의 휴식처인 공원 이름을 학살자의 이름을 따 '일해공원'이라고 지은 것도, 그것을 가능케 하는 한국사회구성원들의 의식이 있기 때문이다.

국가주의 교육이 여전히 관철되는 한국의 각급 학교는 사회구성원들에게 존재와 아무 상관 없는 의식, 나아가 존재를 배반하는 의식을 형성하는 장이다. 노동자와 농민, 서민의 자식은 계층 상승의 기회를 위해 학교에 다니지만 절대 다수는 계층 상승 대신에 '존재를 배반하는 의식'을 형성한다. 자기 돈 들여서. 차라리 교육을 받지 않았다면 존재에 상응하는 의식을 가질 수 있을 것이다. 적어도 존재의 요구를 스스로 거부하는 의식은 형성하지 않을 것이다.

나의 두 아이는 나 때문에 프랑스에서 조기 유학을 강제당한 셈이다. 그리고 프랑스에서 모든 교육과정을 밟았다. 나는 종종 만약 두 아이를 한국에서 교육시켜야 한다면 어떻게 하겠는가라는 질문을 받는다. 나는 아이의 동의를 얻어 학교에 보내지 않고 홈스쿨링을 하거나 대안학교에 보낼 것이라고 대답한다. 아이의 동의를 얻는다는 것은 어렸을 때부터 아이와 일상적으로 대화와 토론을 가져야 한다는 뜻이 담겨 있다.

내 아이들이 '배부른 돼지'가 아닌 '헛헛하더라도 사람'이 되기를 바란다면, 아이들 스스로 학교보다는 대안학교나 홈스쿨링을 선택하고 암기와 문제풀이보다는 독서와 글쓰기를 선택하도록 이끌어야 한다고 믿는다. 나도, 아이들 스스로도, 인간을 이해하지 못한 채, 사회를 비판적으로 보는 눈도 뜨지 못한 채, 사회적 책임의식도, 능력도 없는 사회귀족에게 자발적으로 복종하는 노예가 되기를 거부해야 마땅하다. 무엇보다 사회귀족 예비군을 위한 발판이나 들러리 노릇을 하려고 그 긴 세월을 빼앗길 수 없다.

나아가 나는 오늘 한국의 시민사회운동 진영이 탈학교 운동을 진지하게 고민하고 실천해야 한다고 주장한다. 지금까지 자식 교육 문제는 거의 모든 시민사회운동 부문의 현장 활동가들에게 심각한

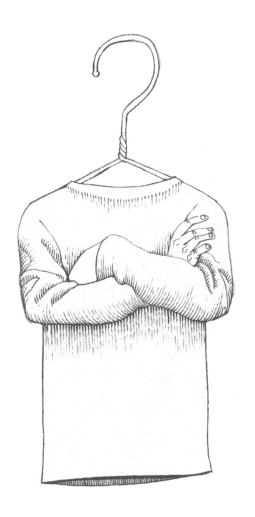

고민을 안겨 왔다. 시민사회운동 진영의 활동가가 아니라도 사회를 바라보는 상식적인 안목이 있는 사람이라면 오늘날 한국사회에서 교육의 이름으로 아이들에게 가해지는 일상적 폭력에 관해 알고 있을 것이다. 교육이라기보다 차라리 집단 광란 상태라고 불러야 마땅한 그 도가니 속으로 자식을 보내면서 고민이 없다면 오히려 이상한 일이다. 그럼에도 혼자 힘으로는 별 도리 없다는 현실논리와 "너는 네가 좋아서 그 길을 가지만 네 자식에게까지 그 길을 강요할 수 없지 않느냐"라는 주장 앞에서 거의 모두 두손 놓고 있었다.

자식 교육 문제는 사회 연대와 공공성을 주장하는 활동가들에게 현장의 일상과 정면으로 충돌하는 가정의 일상을 강요했고, 그것은 적잖은 활동가들에게 점차 소시민의 길을 걷게 함으로써 역량을 약화시키거나 현장을 떠나도록 작용했다. 교육문제는 더 이상 교육운동 진영에만 맡길 수 없는, 모든 운동 진영의 과제가 되었다. 모든 운동 진영은 조직 차원에서 탈학교 운동을, 그 당연한 귀결인 '우리학교 만들기' 운동을 펼쳐야 한다. 그를 통하여 제도교육에 충격을 주고 변화를 이끌어내야 한다. 지역에 기반을 두는 우리학교 만들기 운동은 각 지역의 교육운동 진영은 물론, 노동운동, 농민운동, 환경운동, 여성운동, 정당운동, 언론운동 등 모든 운동 진영이 결집하는 지역 연대의 출발점이며 거점이 될 것이다.

교육문제와 관련하여 우리가 귀담아 들어야 할 오래된 격언이 있다. "잡초를 없앨 수는 없다. 하지만 뽑을 수는 있다." 잡초를 없앨 수 없다고 모두 손놓고 있을 일이 아니라 우리부터 잡초 뽑는 일에 나서야 하지 않겠는가.

지금 한국사회에 대해 비판적 의식과 안목을 갖고 있는 사람은 그 의식과 안목을 어떻게 갖게 되었는지 스스로 물어보기 바란다. 학교교육을 통해서인가? 어림없는 일이다. 오히려 그 반대다. 어떤 특별한 계기로 해서 그때까지 갖고 있었던, 제도교육을 통해 형성되고 미디어를 통해 확인하던 의식을 스스로 반전시킴으로써 갖게 되었을 것이다. 그 계기는 대개 선배나 책을 통해 이루어진다. 스무 살 즈음에 배움터에서 선배나 책, 이 둘 중 하나를 '잘못' 만나거나, 노동현장에서 선배를 '잘못' 만나 제도교육과 미디어를 통해 형성된 의식에 스스로 질문을 던지게 됨으로써 비판의식의 지평이 열렸던 것이다. 남들보다 일찍 십대에 그런 계기가 있었다면 거의 틀림없이 전교조 교사를 '잘못' 만나 '불온한' 책을 소개받았기 때문일 것이다.

독서와 토론이 있는 동아리로 이끈 배움터의 선배나 일터의 선배, 또 전교조 교사도 독서와 토론을 통해 그런 선배와 전교조 교사가 된 것이라면 우리에게 비판의식을 갖도록 이끈 것은 결국 독서와 토론이다. 앞에서 보았듯이 우리 제도교육은 비민주적 구조와 대학서열화에 의해 주체적 의식 형성에 필수적인 독서와 토론을 완벽하게 배제하였다. 교육이 민주화되고 대학이 서열화되어 있지 않은 다른 사회에서는 제도교육에서 만날 수 있는 주체적 의식 형성의 기회를 우리는 그렇게 선배나 동아리를 통해 처음 만나게 되는 것이다.

오늘의 대학에서는 80~90년대와 달리, 소수에게나마 탈의식의 계기를 주었던 선배와 동아리를 만나기 어렵다. 앞으로 한국사회에서 사회비판적 안목을 갖춘 진보적 의식의 형성은 더욱 어려워질 것이다. 그런데 여기서 더 생각해보아야 할 것은 그런 희귀한 의식조차 분단상황이라는 특수성만큼 한계를 갖는다는 점이다. 진보적 의식이 '성숙'의 과정을 통해 형성된 게 아니라 기존에 형성되었던 의식의 '반전'을 통해 형성되면서 갖게 된 한계다. 지배세력이 주입한 의식 중 일부만 벗어냈을 뿐 다양한 사회문제에 관해 진보적 의식과 감수성을 형성하지 못했음에도 이미 '태양의 진리'를 획득한 양 자만에 빠지기도 한다. 이따금 노동운동가들 중에서 성 소수자 문제나 양성평등 문제에 관해 수구적인 발언을 하는 사람이 있는 것은 이 때문이다. 진보 의식의 성숙은 끊임없는 자기부정의 과정이어야 한다. 그러나 이들은 자기부정의 과정을 단 한 번 거친 것으로 만족하는 '진보하지 않는 진보의식'이라는 형용모순에 빠진 것이다.

가령 북한을 바라보는 시각의 급반전은 지배세력에 의한 '의식화'와 그 '반전'이 어떤 함정에 빠지게 되는지 알게 해주는 비근한 예다. 거의 모든 사회구성원은 제도교육과 미디어에 의해 반북의식을 형성한다. 그 중 일부가 한국현대사 관련 책을 읽고 일제부역 세력 청산과 대미관계 등에서 북한이 남한의 역대 정권과 달랐다는 점을 알게 되면서 북한에 대한 시각을 반전시킨다. 문제는 거기서 멈춘다는 데 있다. 남한의 지배세력에 의한 반북의식화가 지극히 낮은 수준에서 관철되듯이 반전을 통한 북한에 대한 시각도 낮은 수준에 머물러 반북의식에서 종북의식으로 급반전시키는 경우를 보게 된다.

북한이 봉건사회가 아니라면 국가로서 북한체제가 갖는 주체성을 평가할 때 북한 인민이 지녀야 할 시민으로서의 주체성에 대한 물음이 병행되어야 한다. 그러나 북한에 대한 의식을 반전시킨 사람들 중엔 이 점에 대해선 무시하는 사람이 적지 않다. 한국에서 허용된 시민사회 일원의 자격으로 시민사회의 개념을 찾기 어려운 북한체제에 관해 발언하는 자기모순을 인식하지 못할 만큼 미성숙 상태에 머물거나, 북한을 바라보면서 권력만 바라볼 뿐 인민의 처지를 바라보지 않을 만큼 권력지향이 지나치게 강한 탓이다. 이처럼 지배세력에 의한 의식화와 그 반전은 '도 아니면 모' 식의 반응을 낳아 북한체제에 대해 대화와 협상 대상으로서 그 실체를 인정하면서도 비판적 시각을 갖는 바람직한 자세를 양쪽에서 협공하여 좁히는 결과를 빚는다.

또 지배세력에 의한 의식화와 그 반전의 관계는 대중과 진보의식 사이의 소통을 거의 불가능하게 만든다. 대중과 소통하기 어려운 진보의식은 자칫 자기들만의 세계에 빠져 '혁명'이나 '해방'을 쉽게 말하기도 한다. 올챙이 시절을 쉽게 잊는 개구리처럼 선배나 책을 '잘못' 만나는 특별한 계기를 갖기 전까지의 자기 모습을 잊은 탓일까, 잡초를 없앨 수 있다고 주장하면서 잡초를 뽑지 않는 잘못을 저지르기도 한다. 세상은 모순 덩어리라 그 모순을 한꺼번에 극복할 수 있는 '태양의 진리'는 존재하지 않는다. 복잡하게 얽힌 사회 모순을 한꺼번에 해결해주는 권력은 애당초 불가능하며, 만약 가능하다면 그 권력은 무척 위험한 것이다. 그런데도 대중과 유리된 진보의식은 사회 모순을 한꺼번에 해결하겠다는 조급증으로 권력집착증을 낳기도 한다. 대중의 구체적 삶에 밀착하여 어렵고 느리더라도 대중과 소통하면서 스스로 진보하는 진보의식이 요구된다.

두 개의 질문

두 개의 질문을 던졌다. 대부분 40대에 이른 어머니들이었다. 하루 8시간 동안 화장실도 제대로 가지 못한 채 꼬박 서서 일해 한 달에 버는 돈은 고작 80여만 원. 그래도 어머니 노동자들은 감지덕지했다. 대개 3개월 단위였던 계약기간은 자동 연장되었다. 이른바 '비정규직보호법' 이전까지는 그랬다. 그러나 '보호'라는 말이 담긴 법의 시행이 가까워오면서 사정이 달라졌다. 자본주의 역사상 노동자들이 눈물겨운 투쟁과 희생 과정을 거쳐 획득한 권리가 신자유주의의 광풍 앞에서 속절없이 무너져 내렸다. 노동자와 사용자 사이의 고용계약에서 사회적 약자인 노동자는 누리지만 사용자는 누릴 수 없는 '불평등 조항'이 사라진 것이다.

노동자와 사용자 사이의 계약에서 불평등 조항이란 자본주의 사회에서 약자인 노동자는 아무 때나 임의로 고용계약을 해지하고 다른 일터로 떠날 자유를 갖지만 사용자는 고용계약을 임의로 해지할 권리가 없음을 뜻한다. 사용자에겐 그런 권리를 주지 않으면서 노동자에게만 권리를 주는 불평등의 근거는 두말할 것도 없이 자본주의 사회가 강제하는 사용자와 노동자 사이의 구조적인 불평등에서 비롯된다. 자본주의 사회에서 자본이 없어서 품을 팔아 생존해야 하는 사회적 약자들인 노동자를 보호하기 위한 장치 중 하나가 우리가 흔히 '정규직'이라고 부르는 제도이며, 사회권에 속한다. 우리가 지금 누리고 있는 8시간 노동제에 오랜 노동운동의 피와 눈물이 담겨 있듯이, 정규직에도 오랜 노동운동의 피와 눈물이 배어 있다. 그러나 이러한 사회권은 직접 싸워서 획득한 것이 아닐 때 그 중요성을 인식하기 어려우며 민주주의가 후퇴할 때엔 빼앗길 위험에 처한다. 바로 그 위험이 21세기 한국 땅에서 현실이 된 것이다.

'비정규직'은 말 그대로 정상적인 고용 형태가 아니므로 '특별한 경우'와 '특정 기간'에 한해서만 허용되어야 하며, 그 외에는 정규직이 되도록 한다는 정신이 민주공화국의 법에 관철되어야 마땅하다. 하지만 이 '보호'법은 거꾸로 비정규직 사용 범위를 확장했고 2년 단위로 비정규직을 순환하여 고용하면 비정규직을 무한정으로 사용할 수 있게 했다. 그래서 이랜드 그룹은 근무기간이 2년을 넘기면 정규직화해야 하는 법 조항을 피하려고 계산대 업무를 외주업체에 맡겼다. 계약기간은 연장되지 않았고 어머니 노동자들은 일자리를 잃었다. 다급해진 어머니들은 말로만 듣던 노동조합에 가입했고 2007년 6월 하순부터 파업 농성에 돌입했다.

파업 중인 어머니 노동자들에게 내가 던진 첫 질문은 "한 달에 80만 원 벌어서 무엇에 쓰느냐?"였다. 어머니 노동자들은 하루 종일 서서 일한다. 우리나라에선 슈퍼에서 일하는 계산대 노동자들에게 앉을 권리를 주지 않는다. 백화점에서도 마찬가지다. 노동자들이 하지정맥 등 각종 질병에 시달리는 이유 중의 하나다. 유럽에서처럼 앉아서 일해도 될 텐데 왜 우리 노동자들은 서서 일해야 할까? 서서 일해야 앉아서 일할 때보다 조금이라도 빨리 할 수 있기 때문이다. 이른바 효율을 위해서이고 노동 인력을 조금이라도 줄이기 위해서다. 노동자들의 건강이 효율성 앞에서 무시된 것이다. 시시때때로 일자리 창출을 주장하는 이명박 정부와 경제단체들은 왜 '건강을 위한 일자리 창출'에 나서지 않을까? 일자리 창출도 되고 국민 건강도 지킬 수 있는데?

이랜드 어머니 노동자들은 자신을 비하하여 '찍순이'라고 부른다. 때로는 6시간 동안 화장실도 못 가고 서서 바코드를 찍어야 한다. 오래 소변을 참는 데서 오는 질병도 발생할 수밖에 없다. 그렇게 하루 8시간씩 일해 받는 월급이 80여만 원. 그 돈의 용처를 물었던 것인데, 그래도 이 질문에는 어렵지 않게 답변을 들을 수 있었다. "아이엠에프(IMF)로 애 아빠가 실직한 뒤 어려워진 가계에 보탬이 되려고……", "중학교 다니는 아이 과외비에 보태려고……" 서글픈 얘기였다.

이랜드 노동자들은 510일 동안 싸워야 했다. 민주노총이 이 싸움에 연대하기로 조직적인 결정을 내렸지만 역부족이었다. 한국의 자본과 정권, 그리고 그들의 이익에 충실히 복무하는 수구언론은 걸핏하면 "강성 노조 때문에 기업가들이 투자를 기피하고, 그래서 일자리 창출이 어렵다"고 말하지만, 강성 노조로 지목되는 민주노총의 총역량으로도 이랜드 그룹이라는 하나의 자본을 이기지 못했다. 이랜드 노동자들의 불매운동에 동참해 달라는 호소는 큰 반향을 얻지 못했다.

이랜드 어머니 노동자들에게 내가 던졌던 둘째 질문은 "지금까지 어느 정당에 투표했느냐?"였다. 답변을 듣기 무척 어려웠다. 그게 뭐 그리 내밀한 얘기라고 대답하기를 꺼려했을까? 나중에 농성장이나 문화제에서 자주 만난 몇몇 분들에게서 솔직한 답변을 들을 수 있었다. 한나라당이 표를 가장 많이 받았다. 진보정당에 표를 줬다는 사람은 만나지 못했다. 처음에 왜 답하기를 꺼려했는지 조금은 이해할 수 있었다. 일자리를 잃고 농성을 벌였는데 그동안 일편단심 표를 줘온 한나라당 사람들은 관심조차 보여주지 않았다. 그 정당 사람들은 오늘도 서민들의 민생을 살려야 한다고 말한다. 이명박 대통령은 영세상인에게 목도리를 선물하거나 오뎅을 사먹는 등의 제스처를 보이기도 한다. 그러나 이명박 정권이나 한나라당이 주장하는 '민생'에 지금 이 시간에도 싸우고 있는 비정규직 노동자들의 삶은 해당되지 않는다. 무척 불경스런 발상이지만 용산 참사로 희생된 분들과 그 가족들은 지금까지 어느 정당에 표를 주었을까? 희생된 분들이 9개월 넘게 장례도 치르지 못하고 있음에도 눈 하나 깜빡하지 않고 무시하는 이명박 대통령과 한나라당에 표를 주었던 사람이 없을까? 쌍용자동차 노동자들과 그 가족들은? 이랜드 어머니 노동자들이 농성을 벌일 때에 한나라당 사람들은 코배기도 볼 수 없었던 반면, 평소 관심조차 주지 않았던 진보정당 사람들만 찾아와 농성도 함께 했다. 민주당도 기껏 한두 의원의 얼굴을 볼 수 있었을 뿐이고, 한 번도 표를 준 적 없는, 그때까지 부정적으로 생각했거나 기껏해야 무관심했던 진보정당 사람들만 찾아와 농성에 동참했다.

어머니 노동자들은 민주노총 소속 조합원이 되었다. 그런데 조합원이 되기 두 달 전까지 민주노총에 대해서는 어떤 생각을 가졌을까? 상당히 부정적이거나 기껏해야 무관심이었다. 전교조에 대해서는 어땠을까? 상당히 부정적이었거나 기껏해야 무관심이었다. 그들 자신이 결국 파업 농성을 벌이게 되었는데 그 두 달 전까지 파업 농성 노동자들에 대해서 어떻게 생각했을까? 대단히 부정적이었다. 두 달 전까지 어머니 노동자들은 자신을 배반하는 의식의 소유자들이었다. 그것도 아주 견고한.

영구 귀국한 직후 서울에서 택시를 타면 반가운 마음에 기사에게 먼저 말을 걸었다. 20여년 만에 귀국하여 택시를 탔으니 감회가 새로웠다. 그래서 "나도 실은 택시기사 출신입니다"라고 말을 걸면 거의 모든 택시기사들이 반가워했다. "아, 그러세요. 언제 어디서 하셨나요?"라고 물으며 시작되는 대화는 대충 이렇게 진행되었다.

"아, 프랑스 파리에서요? 그럼 프랑스 말도 아주 잘하시겠네요?"

"프랑스 말은 그저 그렇습니다만 파리 길만큼은 한국 사람으로는 가장 잘 알겠지요."

"근데 택시 손님은 많은가요? 아무래도 벌이가 여기보단 낫겠지요?"

"파리의 택시노동 조건도 유럽에서는 열악한 편에 속해요. 하지만 한국에 비할 바는 아닌 것 같군요."

"말도 마십쇼. 인생 막장이에요. 이건 정말 사람 할 짓이 못됩니다."

잠시 동안 우리는 죽이 맞아 택시기사의 애환과 경험을 나누었다. 서울과 파리의 택시노동 조건의 차이에 대해, 서울과 파리의 택시 손님에 관해 의견을 나누었다. "한국의 택시기사들이 불친절하다지만 택시기사들만 불친절한 것은 아니다, 돈 없는 사람들에겐 모든 한국 사람들이 불친절한 것 같다"는 얘기도 내가 빠뜨리지 않는 얘기 중의 하나다.

따지고 보면 그리 즐거운 얘기를 나누는 것도 아닌데 좁은 택시 공간은 자못 화기애애했다. 택시기사라는 동질성이 작용하기 때문이다. 대개 그쯤에서 얘기를 마감하게 되지만, 먼 거리를 갈 때나 길이 밀릴 때는 자연스레 대화의 주제가 바뀐다. 택시기사가 이 질문을 던지기 때문이다.

"그래, 지금은 무슨 일을 하십니까?"

"저요, 지금 한겨레신문에 다닙니다."

"아, 그래요. 한겨레신문사 운송부에 다니시는가 보지요. 역시 월급쟁이가 훨씬 낫지요." 딱 한 번 이런 응수를 받았다. 왜일까? 대부분의 경우 '한겨레'라는 말에 택시 안은 조금 전까지와 달리 작은 긴장감이 흐른다. 택시기사가 아무 말을 하지 않기도 했다. 그런 느낌을 받은 뒤부터 나는 "저요, 지금 한겨레신문에 다닙니다."라고 대답한 뒤 이어서 이렇게 묻곤 했다.

"기사 양반은 한겨레신문을 어떻게 생각하시나요?"

이 물음에 대해 내가 첫째로 기대하는 것은 물론 긍정적인 답변이다. "괜찮은 신문이지요.", "그런 신문 하나쯤 있어야지요." 이 정도 답변만 나와도 고마울 터인데 거의 듣기 어렵다. 두 번째로 기대하는 답변이 있다. "한겨레를 읽지 않아 아무 생각이 없습니다."라는 답변이다. 그러나 "아무 생각이 없습니다.", "잘 모릅니다."라는 답변도 만나기 어려웠다. 택시기사들의 한겨레에 대한 견해는 대체로 부정적이었다. 한겨레를 읽지 않으면서도 한겨레에 부정적인 견해를 갖고 있었다. 답변 중에는 "운동권 신문이다.", "편파적이다." 등이 있고, 심지어 "전라도 신문이다", "색깔이 수상한 신문이다"도 나온다. 그런 대답을 들으면 나는 다시 묻곤 했다.

"그럼 한겨레신문을 구독하시나 보네요?"

물론 일부러 던지는 질문이다. 한겨레에 대해 부정적 견해를 단호하게 비친 택시기사 중 한겨레를 읽는 사람은 당연히 없다. 내 질문에는 '한겨레신문을 읽지도 않고 어떻게 그렇게 확신에 찬 견해를 가질 수 있느냐'는 황당함이 담겨 있다. 내 질문에 택시기사들 역시 황당해한다. 황당함과 황당함이 부닥치는 경우인데, 기사 중엔 백미러를 통해 '그런 신문을 왜 보느냐'는 식으로 나를 흘끔 쳐다보기도 한다.

한겨레를 읽지 않고도 한겨레에 대한 그들의 부정적 견해는 견고하다. 택시기사는 어떤 계기로 그런 생각을 갖게 되었고, 또 어떤 계기로 그 생각을 바꿀 수 있을까? 한겨레를 읽지 않은 채 품고 있는 한겨레에 대한 부정적인 견해를, 나처럼 같은 택시노동자 출신으로서 조금 전까지 죽이 맞아 애기를 나누었고 지금 한겨레에서 일하는 사람의 "한겨레는 그런 신문이 아닙니다"라는 애기를 통해 바꿀 수 있을까? 기대할 수 없다. 알지 못한 채 알고 있다고 굳게 믿는 것, 택시기사는 자신이 빠진 함정에 대해 인식할 수 있을까?

택시기사뿐인가? 우리는 정보 홍수의 시대를 살고 있다. 그래서 사람들은 한겨레를 읽지 않고도 한겨레가 어떤 신문인지 알고 있다고 믿는다. 그러면 한겨레를 어떻게 알고 있을까? '가까이 할 필요가 없다'는 것으로다. 사람들은 민주노총에 대해, 전교조에 대해 알고 있을까? 제대로 알고 있는 사람은 거의 없지만, 거의 모든 사람이 알고 있다고 믿고 있다. 어떻게 알고 있다고 믿고 있을까? '알 필요가 없는 것', '가까이 할 필요가 없는 것'으로.

이미 부정적으로 의식화되어 있다. 진보정당은 어떤가? 한국사회구성원이 민주노동당이나 진보신당에 대해서 알고 있을까? 물론 대부분은 알고 있다고 믿고 있다. 어떻게 알고 있다고 믿고 있을까? 무상교육, 무상의료를 주장한다는 것쯤은 이제 적지 않은 사람들이 알고 있지만 한 가지 더 중요하게 알고 있는 게 있다. '접근해선 안 되거나 접근할 필요가 없다는 것'으로.

2008년 4월 총선에서 진보신당에 표를 주었다는 이랜드 노동자한 분이 이렇게 말했다. "직접 당하고 싸우게 되니까 세상이 조금 보이는 것 같아요. 정말 몰랐어요. 정치에는 관심도 없었고요." 그리고 이렇게 덧붙였다. "그런데요. 내 주위에 나와 같은 사람들 너무 많거든요. 그 사람들도 직접 당하지 않으면 절대로 몰라요. 아니, 당해도 모를 거예요. 직접 싸워보지 않으면. 그 사람들은 앞으로도 계속 한

나라당을 열심히 찍을 거예요. 예전의 나처럼요."

2008년 4월 총선에서 진보신당의 노회찬, 심상정 후보 둘 다 한나라당 후보한테 졌다. 17대 국회에서 가장 열심히 의정활동을 펼친 것으로 평가받았고 한국정치의 새 희망으로 꼽혔던 두 후보는 '지못미(지켜주지 못해 미안해)'로 만족한 채 4년을 기다려야 한다. 어떤 사람은 진보신당 후보여서 떨어졌다고 했고, 또 어떤 사람은 민주당 후보였다면 당선되었을 것이라고 했다. 또 어떤 사람은 한나라당 후보가 뉴타운 등 유권자의 욕망을 부추겼는데 진보신당 후보는 지역에서 그런 욕망을 부추길 수 없는 한계가 있다고 지적했다. 그러나 그 욕망은 뉴타운이 되면 지역에서 쫓겨나야 하는 세입자들의 것이 아니다. 어떤 사람은 유권자들이 합리적 선택을 하므로 계몽의 대상이 아니라고 힘주어 말하지만, 그러나 가장 중요한 이유는 계급 배반 투표에 있다. '존재를 배반하는 의식'을 끝까지 인식하지 못한 채 그 의식을 계속 고집하며 살아가는 사람들이 적지 않다는 사실이다.

선거 결과에 대한 사람들의 분석과 비평이 끝나면서 후보들이 내건 공약들은 차차 잊혀진다. 공약(公約)은 기득권세력을 위한 것이면 어김없이 실현되고, 서민 대중을 위한 것이면 공약(空約)으로 끝난다. 미국발 금융위기로 경제가 심각한 상황으로 치닫는데 이명박 정부와 한나라당은 상위 2퍼센트 부유층이 내는 종합부동산세를 감면하고, 소득세, 재산세 등 직접세를 내리고 부유층의 대물림 구조를 위한 국제중을 설립한다. 그럼에도 한나라당 지지율은 높은 고지에서 떨어질 줄 모른다. 게다가 사람들은 얼마나 잘 잊던가. 대선 당시 이명박 후보의 '대학 등록금 반값' 공약을 기억하는 대학생과 학부모는 얼마나 될까? 사람들은 앞으로도 계속 한나라당을 찍을 것이다. 세월은 변해도 일단 형성된 의식은 좀처럼 변하지 않는다. 그렇다면 우리는 서민과 비정규직 노동자들이 모두 '당하고 싸울 때까지' 기다려야 할 것인가?

2

회색의 물신 사회

고향

　서울에서 태어나 서울에서 자란 서울 토박이지만 누군가 "고향
이 어디냐?"고 물으면 서울이라고 대뜸 답하지 못하고 우물댄다. 서
울이 고향이라고 말하기 왠지 거북하기 때문이다. 고향에 대한 정서
나 이끌림이 '땅'의 부름에서 비롯되는 것이라면, 나는 고향이 없는
사람이다. 서울은 인간 정서의 고향인 땅이 아닌 '부동산의 도시'이
기 때문이다.

　파리에서 추석이나 설날을 맞았을 때 내게 떠오른 한국의 정경
은 서울이 아니라 선산이 있는 충청도의 산골 마을, 황골이었다. 어
린 시절 설날이나 한가위 즈음에 아버지를 따라 갔을 뿐인, 그래서
기껏해야 일년에 한두 번 정도 찾았을 뿐인 황골이 줄곧 살았던 서울
의 거리보다 더 정겹게 다가오곤 했다. 사실 황골의 기억이라고 해보

았자 특별한 것도 없었다. 온양온천 역에서 걸어서 시오리 길. 다리를 지나 현충사를 끼고 돈 뒤, 작은 고개를 넘어 돌아가면 닿는 작은 시골 마을⋯⋯. 나는 파리에서도 이따금 눈을 감고 조부모 산소에서 내려다보이는 작은 호수를 바라보았고, 개울에서 송사리도 잡았다. 20년 간 프랑스에서의 이방인 생활을 마감하고 귀국할 즈음 한 프랑스 친구가 "기어이 돌아가려는가?"라고 물었을 때 내 대답은 "우리 땅이 나를 부른다"였다. 그 친구는 말없이 고개를 끄덕였다.

그것은 어쩌면 땅을 매개로 하는 순수한 인간관계를 기대하는 무의식의 향방이었을지 모른다. 말하자면 귀소본능이란 누군가와 비교하고 경쟁하는 관계로부터 비켜나 있다고 기억되는 곳에 안기고자 함이라는 얘기다. 혈육이라고 하지만 운 좋으면 명절에나 잠깐씩 볼 수 있는, 그 중에는 몇 번의 줄긋기를 한 뒤에야 남이 아님이 증명되는 사람들도 많지만, '혈족' 관계라는 마력은 아주 잠시 동안이나마 경쟁과 견주기에서 벗어나도록 허용한다. 그 시간, 그 공간에서는 도시에 나가 출세한 사람의 젠 체도, 변변치 못한 사람의 초라함도 노골적으로 드러나선 안 된다. 명절이 우리에게 주는 의미란 땅을 떠나면서 잃어버렸던 교감을 땅을 매개로 잠시나마 복원하는 데 있지 않을까. 그 때문에 우리는 명절이 오면 교통 체증을 무릅쓰고 고향으로 달려간다. 설령 내용은 사라지고 형식으로만 남았다 하더라도.

그러나 우리 농촌은 이미 돌이킬 수 없이 달라졌고 달라지고 있

다. 황골도 많이 변했다. 공동화·고령화된 농촌은 '잘 사는 농촌' '돌아가고 싶은 농촌'을 만들겠다는 구호를 무색케 하는데, 그런 변화보다 더 의미심장한 변화는 모든 땅이 부동산으로 바뀌고 있다는 점이다. 실제로 우리 농촌은 '개발'이라는 구호 아래 땅에서 부동산으로 재빠르게 변하고 있다. 노무현 정부가 내세운 지역균형발전이라는 구호는 '개발의 전국화', '땅의 부동산화'에서 크게 벗어나지 않았다. 이 흐름을 이명박 정권은 더욱 강력하게 채찍질한다. 4대강 사업이란 해안 갯벌을 땅으로 만든 새만금처럼 강을 부동산으로 만들겠다는 것이다. 이제 얼마 지나지 않아 명절 때의 훈훈함을 그리며 고향을 떠올리는 나와 같은 어리숭한 세대도 사라지고 그런 정서를 다독거리던 농촌도 사라질 것이다.

우리 모두의 정서의 고향인 땅이 사라지는 사회, 다만 투기 대상인 '부동산'으로 바뀌는 사회……, 앞으로 우리 농촌도 물질과 경쟁으로 채워진 시간과 공간만 남을 것인가. 그리고 시간의 효율적 안배를 위해 앞당겨 치러내던 설 차례나 추석 성묘마저도 사라져갈 것인가.

그렇게 물질과 경쟁이 모든 가치를 잠식해버린 듯해서 더욱 땅의 개념이 남아 있기를 안간힘으로 기대하게 된다. 그런 현상은 부동산을 차지하고 발언 기회를 독점한 소수가 내지르는 소리에 불과하다고 말하고 싶다. 실제로 통계는 부동산을 둘러싼 악다구니가 몇 퍼센트

가진 사람들에 의해 벌어지고 있는 것임을 말해준다. 그러나 대학이 산업이고 종교가 사업이 된 사회에서 말 없는 땅 스스로 그 의미를 지킬 수는 없을 듯하다. 농촌 사람들이 도시인들 뺨치게 영악해졌다고 말하듯이, 우리에게 아직 남아 있는 땅의 의미가 있다손 쳐도 그것은 이미 늠름한 민중을 길러내는 토양이 되지 못한다. 우리에게 땅은 이제 무엇으로 남아 있는 것일까?

여러 해 전, 실업률이 10퍼센트를 넘으면 사회 불안을 넘어 '사회 폭발'의 가능성까지 있다고 말했던 프랑스 학자들은, 당시 실업률이 25퍼센트에 육박했던 스페인이나 이탈리아 남부 지방이 어떻게 비교적 안정을 유지했는지 주목했다. 그 나라들은 프랑스에 비해 사회안전망도 허술한데 어떻게 사회가 안정을 유지하는지 의아했던 것이다. 그들의 답변은, 그 지역은 아직 핵가족화가 진행되지 않아 가족 이기주의나 개인주의가 발전하지 않았고, 씨족관계와 가톨릭 전통이 상부상조의 씨줄과 날줄이 되어 지역사회의 안전망으로 작용하고 있다는 점에 모아졌다. 사회안전망이 스페인이나 이탈리아에 비해서 열악한 우리나라 농어촌 사회에서 기능하고 있는 씨줄과 날줄에는 무엇이 남아 있을까. 명절에 고향을 찾는 우리 모두 한번쯤 던져볼 만한 질문이다.

탐욕

나는 자본주의에 미래가 없다고 믿는다. 자본주의에 미래가 없는 것은 억압과 착취를 당하는 인간의 자발적 반란 때문이 아니라 자연의 비자발적 반란 때문이라고 전망한다. 자본을 매개로 인간에게 지배당하는 인간의 반란이 아니라 자연의 비자발적 반란을 인간이 받아들일 수밖에 없는 때가 기어이 올 것이고, 그때까지도 자본주의는 탐욕스런 아집을 계속 부리겠지만 끝내 종말을 고하고 말 것이다. 인간은 전쟁 수행자들이고 인간 문명은 이를 당연하게 받아들이지만, 자연의 반란은 지배, 피지배 관계를 뛰어넘어 인간과 자연 모두의 공멸을 가져온다.

인간은 지배계급의 억압과 착취에 맞서 싸우기도 하지만 살아남으려고 굴종한다. 인간이 억압과 착취에 굴종하지 않고 차라리 죽음을 택한다면 억압과 착취는 설 자리가 없을 것이다. 그러나 인간은 스스로 죽는 대신 굴종을 택한다. 인간의 삶은 모진 것이며 인간에 대한 인간의 억압과 착취는 계속된다. 자연은 인간의 억압과 착취에 굴종하지 않고 스스로 파괴되어 죽는다. 자연이 놀라운 복원력을 가졌다고 하지만 인간의 파괴 행위는 속도에 있어서 자연의 복원력을 앞지른다. 그리하여, 자연의 죽음 앞에서 인간은 끝까지 발버둥치겠지만 인간 또한 어쩔 수 없는 자연의 일부이므로 함께 죽을 수밖에 없다.

"우리는 이 땅을 조상에게서 물려받은 게 아니라 후손에게서 빌린 것이다."

'4대강 사업'을 밀어붙이는 이명박 정권이 특히 귀기울여야 할 생텍쥐페리의 말이다. 그러나 오늘 자본주의 사회에서 인간의 탐욕은 통제되지 않는다. 오히려 과학과 기술의 발달이 준 오만성과 결합해 "정말 이래도 되나"와 같은 성찰적 물음을 멀리 한다. 특히 신자유주의의 시장만능주의는 소비를 미덕으로 하는 단계를 넘어 탐욕을 미덕으로 칭송하는 단계에 이르렀다. 인간은 이제 다른 인간과 자연을 착취하는 데 멈추지 않고 아직 태어나지 않은 후손의 몫까지 착취한다. 마하트마 간디였다. "신은 우리 모두의 필요를 충족시켜주지만 단 한 사람의 탐욕도 만족시킬 수 없다"고 말했던 이는. 신조차 인간의 탐욕을 만족시켜줄 수 없다면, 무엇이 인간의 탐욕을 채워줄 수 있겠는가? 결국 우리를 기다리는 것은 공멸뿐인가.

인간은 이성을 가진 동물이지만, '인간의 탐욕은 인간과 자연 모두의 공멸을 가져올 뿐'이라는 성찰 이성의 소리는 도구 이성의 소리에 비하면 아주 약하다. 이 점은 전쟁을 일으켜온 인간 역사가 입증한다. 다른 동물과 달리 이성을 가졌다는 인간이지만, 다른 인간을 집단적으로 죽일 계획을 세우고 준비하고 실행에 옮기는 유일한 동물이 바로 인간이다. 인간의 성찰 이성이 도구 이성보다 우위에 있다면 전쟁은 오래 전에 없어졌어야 마땅하다. 그러나 인간이 다른 인간을 지배하면서 시작된 전쟁은 첨단 기술과 과학에 힘입어 오히려 대량살상으로 나아가고 있다.

오늘도 팔레스타인에 대한 이스라엘의 무자비한 학살 행위가 세계 시민들의 분노를 일으키지만 결국 죽고 다친 사람들만 억울할 뿐이다. 내일도, 또 내일도 세계 도처에서 똑같은 일들이 벌어질 것이다. 오늘 대량살상을 일으키는 전쟁 앞에서 인간의 성찰 이성이 하는 일이란 심하게 말해 잔인한 전쟁을 덜 잔인한 전쟁으로 포장하는 정도다. 예컨대 모든 나라마다 '국방부'라는 부서가 있다. 본디 '전쟁부'였던 부서 이름이 '국방부'로 바뀐 것도 20세기 들어서다. 하지만 '전쟁부'와 '국방부'가 하는 임무는 똑같다. 그 정도의 '진보'가 있었다고나 할까.

인류가 역사와 문화를 발전시키고 최첨단의 문명을 자랑하는 시기에도 과거와 마찬가지로 전쟁을 벌이고 있다는 것은 무엇을 뜻할까? 분명한 것은 인간의 탐욕이 사라지지 않는 한 전쟁 또한 사라지지 않으리라는 것이다. 인간에게서 탐욕이 사라질 수 없다면 인간의 자연 파괴 또한 멈추지 않을 것이다. 인간의 성찰 이성으로 자연 파괴를 제어할 수 없으리라는 점을 인간의 전쟁사가 이미 증명하고 있는 것이다. 항상 그렇듯이 인간의 도구 이성이 성찰 이성을 압도하기 때문이다. 그렇다면 희망의 실마리를 찾기 위해 전쟁을 벌이기 전의 인간의 모습이 어땠는지 되돌아보면 어떨까.

거시적으로 역사를 바라볼 때 인간이 다른 인간을 지배하기 전에는 자연과 인간의 관계에서 자연이 절대 우위에 있었다. 당시의 인간사회를 '원시공동체사회' 또는 '원시공산사회'라고 부른다. 당시 인간에게 변화무쌍한 자연은 두려움의 대상이었다. 그 흔적은 지금까지 남아 있는데 12월 25일 성탄절이 하나의 예다. 시베리아와 위도가 비슷한 스칸디나비아 반도에서 옛 사람들은 겨울이 다가오는 것을 무척 두려워했다. 여러 모로 지혜가 부족한 시대였지만 당시 사람들도 태양이 사라지면 생명이 사라진다는 것은 알고 있었다. 태양이 사라지면 뭇 생명이 죽는다. 태양은 곧 생명이었는데 바람에 낙엽이 날리는 가을이 지나고 흰 눈 날리는 겨울이 다가오면 낮은 갈수록 짧아졌고 태양은 저 수평선 너머로 사라지려 했다. 두려웠다. 그러다가

동지가 지나면서 태양이 다시 되살아나는 것을 확인한 사흘째 날이 바로 12월 25일이다. 일년 중 가장 중요한 축제일로 기념했다. 나중에 그 지역에 기독교가 전파되면서 태양축제일은 성탄절이 되었고 그것이 유럽 전역으로 역으로 전파된 것이다.

자연에 맞서 생존해야 했던 인간에게 배고픔 이상으로 두려워한 것이 또 있었으니 더불어 사는 인간이 줄어드는 일이었다. 이 점을 지금의 우리로서는 헤아리기 어려울 것이다. 가령 수십 명의 인간으로 이루어진 공동체를 생각해 보라. 병들어 죽거나 못 먹어 죽거나 함께 살던 사람이 줄어드는 것 자체가 공포였다. 그들은 먹을거리를 앞에 두고 서로 배불리 먹겠다고 다투기도 했지만 서로를 아낄 줄도 알았다.

벼, 밀, 옥수수를 발견하면서 인간과 자연의 힘의 관계는 역전되기 시작했다. 자연의 일부로 자연을 두려워했던 인간이 자연을 지배하기 시작한 것이다. 벼, 밀 옥수수는 경작의 대상이었고 말리면 썩지 않아 보관이 가능했다. 잉여생산물이 생긴 것이다. 그것은 인간의 탐욕을 충족시킬 대상이기도 했다. 잉여생산물은 인간에게 여유 시간을 주어 문화와 역사를 일으키게 했지만, 그것을 소유하는 계급과 소유하지 못하는 계급으로 나누어지게 했다. 잉여생산물은 계급분화를 불러왔고, 노동력을 필요로 하는 경작에는 다른 공동체를 공격하여 손에 넣은 노예를 동원했다. 전쟁이 시작되었다. 인간이 자연의 일부로 남아 있을 때엔 잉여생산물이 없었기 때문에 계급분화도 일어나지 않았고 전쟁도 없었는데, 인간이 자연을 지배하기 시작하면서 다른 인간을 지배하게 되었고 전쟁도 일으키게 되었던 것이다. 그렇지만 이때까지도 인간은 자연을 존중할 줄 알았다. 무엇보다 땅에서 잉여생산물이 나왔기 때문이다. 인간의 신분이 주로 땅의 소유 여부에 따라 결정된 시대였다.

자본주의 이후 인간은 더욱 오만해졌다. 시간이 갈수록 땅에서 멀어졌고 옛 사람들이 가졌던 자연에 대한 외경심은 점차 흔적조차 찾아보기 어려워졌다. 인간의 탐욕은 오만에 비례하여 더욱더 거칠 것이 없어졌다. 탐욕이 자연에 대한 인간의 지배와 착취의 뿌리이듯이, 다른 인간에 대한 지배와 착취, 그 최종 형태인 전쟁 또한 인간의 탐욕에 뿌리를 두고 있다. 그 뿌리는 이제 너무 깊이 박혀 인간의 능력으로는 어찌할 수 없는 지경에 이른 게 아닐까. 아직 태어나지 않은 후손까지 착취하기에 이르렀으니 갈 데까지 간 것이고, 마침내 인간은 자연의 반란 앞에 직면하게 되었다.

천만다행이라고 해야 할까. 인간에게 마지막으로 남은 희망이 실체를 드러냈다. 자연의 비자발적 반란이 그것이다. 지금까지 인간은 지배당하고 착취당하는 다른 인간의 자발적 반란에 대해서는 전쟁과 탄압으로 억누르고 굴종시켜 왔지만, 자연의 비자발적 반란 앞에서는 속수무책이다. 아무리 오만한 인간이라도 자연에 맞서 전쟁을 벌일 수 없다. 자연과 벌이는 전쟁에서 이긴다는 게 무슨 의미가 있으랴. 게다가 자연은 인간과 달리 인간에게 지배당하고 착취당하면 스스로 파괴되어 죽을 뿐 살아남으려고 굴종하지 않는다.

인간의 끝없는 탐욕은 어떻게 끝날까? 자연의 비자발적 반란 앞에서 결국 투항할까. 그리하여 자연을 존중하고, 자연을 존중하듯 다른 인간을 존중하며 더불어 살아갈까, 아니면 끝까지 고집을 부리며 공멸의 길로 나아갈까? 시간은 많이 남아 있지 않은데 인간의 마지막 구원자인 자연도 이 질문에 대해선 명확한 답을 주지 않는다. 아무튼 내가 살아 있는 동안에 생태공동체는 작은 단위에선 가능할지 모르나 큰 단위에선 아직 그 진정한 씨앗을 보기 어려울 것이다.

회색

회색의 도시. 콘크리트 건물과 공해로 뿌연 하늘, 한강은 아파트 군에 포위당해 빛을 잃었다. 서울은 다이내믹하지 못한 사람에게 우울을 강요하는 회색의 도시다. 그 한 귀퉁이에 출퇴근을 소망했던 나에게 일자리를 준 한겨레가 있다.

도시의 저잣거리에서 사람 냄새를 맡기 어려운 것은 분명 시대를 따라잡지 못하는 내 정서 탓일 것이다. 사람의 길은 자동차 길에 밀려났고, 그래서 사람들은 '사람의 길'을 찾지 않는다. 20년 만에 귀국하던 날 전광판에 뜬 '부자 되세요!'라는 말을 보면서 '마음의'라는 말이 뒤이어 나오길 기대했지만 끝내 나타나지 않았다. 내가 잠깐 착각했던 것과 달리 이 사회에서 그 말은 반어법이 아니었다. 소크라테스는 아테네 청소년들에게 "배부른 돼지가 되지 말고 헛헛하더라도 인간이 돼라"고 했는데, 나의 부박한 인문적 소양으로는 '부자 되세요!'가 소크라테스 말법에 따른 '배부른 돼지 되세요!'와 어떻게 다른지 잘 모른다. 아이엠에프의 트라우마를 감안하더라도 '부자 되세요!'는 20년 만에 돌아온 나에게 문화충격이었다. 그 구호는 내가 떠나기 전의 한국사회를 지배하지 않았고, 20년 동안 살았던 프랑스 사회도 그렇게 노골적으로 지배하지 않았다. 21세기의 이 땅에선 물질을 더 많이 획득하기 위한 욕망이 사회문화적 소양을 포함하여 인간 존재를 풍요롭게 하기 위한 모색과 긴장을 완전히 압도하고 있었다.

비인간화된 욕망은 물질과 출세를 가치 판단과 평가의 기준으로 삼는다. 성공 신화의 주인공인 이명박이든, 일본군 출신 독재자의 딸인 박근혜든, 과정이 어떻든 성장의 결과만을 중시하는, 회색의 사회가 받아들인 새 원칙에 따라 평가한다. 이명박 후보가 온갖 비리 의혹에도 압도적인 표차로 대통령에 당선되는 것은 이 회색의 사회에서는 오히려 당연한 일이다. 한국사회는 이미 그가 원하기만 한다면 대통령 자리를 상납하도록 차비를 차린 상태였다. 전두환의 의리와 카리스마가 거론되는 것 역시 과정이 어떻든 출세한 자의 비범한 능력이 평가되는 새로운 상식 때문이다. 이처럼 과정이 어떠하고 수단과 방법이 어떠하든 물질과 출세를 획득하는 것이 원칙이고 상식인 사회다. 사회구성원들이 인간성의 항체를 상실하고 물신의 지배 아래 놓이게 된 게 통제되지 않는 욕망이 빚어낸 결과라면, 이 욕망은

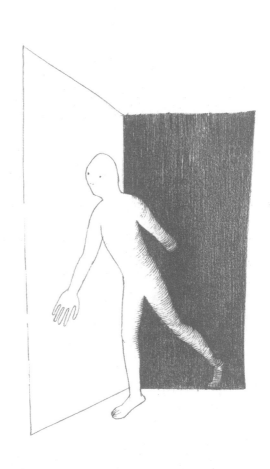

사회에 팽배한 경쟁과 효율 만능주의를 더욱 부추긴다. 상호 연대와 공동체 의식의 형성이 설 자리가 없는 것은 당연한 귀결이다.

이 사회의 욕망의 색인 회색은 희지도 않고 검지도 않다. 그렇지만 때에 따라 희기도 하고 검기도 하다. 회색은 배경이 흰색일 때 검은색이 되고 검은색이 배경일 때 흰색이 된다. 일제 강점기 이래 우리 교육과정에서 철저히 배제시킨 것 중 하나가 자율성의 가치다. 군국주의 일본이 식민지 노예들에게 자율성을 가르치지 않았던 것은 당연한 일이다. 그러나 민주공화국이 된 뒤에도 각 학교는 자율성의 가치를 간단히 무시해 버렸다. 자율성은 자신의 삶에 청백의 도도함을 뿌리내리기 위한 자기 통제다. 자율성이 없고 자기성찰을 하지 않는 회색인들은 올곧음을 배격하며 정직성 앞에서 비겁하다. 주위에 올곧음과 정직성의 청백이 있을 때 자신의 회색이 검정으로 드러난다. 그래서 직장에서나 군대에서나 학교사회에서나 청백한 사람을 따돌린다. 그리곤 "세상을 몰라도 너무 모르는군", "털어서 먼지 안 나는 사람 있나", "좋은 게 좋은 거야"라고 말한다. '회색인들의 회색의 사회'에서 흰색이 조직과 사회를 위해 죽어야 하는 이유다. 흰색은, 검정은 물론 회색까지도 검게 드러내기 때문이다.

사회의 각 부문에서 회색은 힘을 합쳐 공동의 적인 흰색을 축출한다. 사회의 모든 부문에서 악화가 양화를 구축하고 악화는 부문을 뛰어넘어 강력하게 유착한다. "깨끗한 물에는 물고기가 살지 않는다"라는 말로 포장된, 흰색에 대한 이 사회의 부정적인 반응은 내부 고발자나 촌지 거부 교사들에 대한 따돌림처럼 고발에 대한 정서적 반감의 표현이라기보다 자신이 검정으로 드러나는 것에 대한 회색의 사회에 내재한 방어본능의 반영이다.

회색인들의 회색의 사회에서 구성원들은 '검은 목표물'을 색출하여 고발하고 비난하는 데에는 대단히 적극적이다. 주위에 검은 사람이나 세력이 나타났다고 아우성을 친다. 주위의 검정을 강조하여 자신들이 희다는 점을 주장하기 위해서다. 국적 포기 논란과 관련해 애국자들이 갑자기 양산되는 것은 사회구성원들이 '민족이 없는' 군대가 애국심의 잣대가 되는 모순을 발견하기보다 '나는 희다'는 것을 증명할 수 있는 모처럼의 기회이기 때문이다. 박재범 파장도 마찬가지다. 언론은 그 표적이 얼마나 검은지 선정적으로 알리면서 마녀사냥의 여론재판을 주도한다. 이 작업에서 뛰어난 능력을 발휘하는 것은 '조중동'이다. 그러나 그것은 언제나 일회적이고 일시적이다. 시간이 지나면 회색인들의 사회는 또 다른 먹잇감이 나타날 때까지 회색의 평온을 되찾는다.

회색은 '한쪽으로 치우치지 않은 중립'이라는 멋진 수사의 혜택을 입어 양쪽의 권리를 누리며 어느 한쪽의 책임도 지지 않는다. 불온이 오히려 교양이며 상식인 사회에서 상식과 몰상식의 중간은 몰상식일 뿐이지만 이명박 대통령이 대표하듯 '중도 실용'을 내세워

명분과 실리를 함께 취한다. 중간파들이 균형을 주장하는 것은 대개 명분과 실리를 함께 취하려는 포장술이지만 지식인들조차 이를 역학 관계나 현실의 이름으로 합리화한다. 그러나 명분과 실리 사이에 황금분할이 가능하다고 주장하는 중간파는 회색파의 다른 이름이다. 그래서 나에게 실용이란 항상 이기는 쪽에 붙어 명분도 채우면서 권력도 맛보려는 처세술이다.

이른바 '개혁'도 역학관계나 현실을 바꾸려 노력하기보다 스스로 '실용'을 품어 '공허한 이상주의를 극복한 합리적 현실주의'의 표상이 되었다. 심지어 김우중 전 대우 회장의 경우처럼, '공과 과에 대한 성숙한 대처'를 주문하기도 한다. 이 주문은 재벌기업 삼성에 이르러서는 아예 당당해진다. 무노조 경영을 관철시키려고 온갖 비리를 마다하지 않고 편법으로 경영을 승계하는 삼성이지만 '개혁'세력에게서도 친화력을 획득했다. 삼성왕국에 반대하는 것은 우리나라에 큰 '공'을 세운 기업의 작은 '과'를 문제 삼는, 고마움을 모르는 소인배의 소치라는 것이다. 삼성 특검 결과가 보여준 것은, 삼성은 이미 자신의 검은색을 탈색할 만한 막강한 힘을 갖고 있다는 점이다. 젊은 이들은 간혹 삼성의 행태를 비난하면서도 삼성왕국의 일원이 되기 위해 경쟁한다. 흰 것이 흰 채로, 검은 것이 검은 채로 각기 제자리에 있지 못하고 흰 것과 검은 것이 서로 뒤엉키고 버무려진, 영악한 사람들을 위한 회색의 사회 모습이다.

도시 서민

아리스토텔레스는 '민주정치(democracy)' 아래서 부자보다 숫자가 많은 서민이 정치적 지배력을 갖는다고 했다. 데모크라시 아래 철인정치가 가능하지 않은 것에 비판적이었지만, 그래도 그는 소수 부자들이 갖는 부의 힘과 다수 서민이 갖는 정치력이 균형을 이뤄 자유와 평등이 가능하다고 본 듯했다. 그의 전제는 콜럼버스의 달걀만큼이나 간단한 일이다. 그러나 달나라가 지구의 식민지가 되어간다는 오늘날까지 데모크라시가 꾸준히 발전해왔다고 하지만 부자들의 권력은 더욱 집중되고 강화되고 있을 뿐이다.

아리스토텔레스는 어디서 오류를 범했을까? 달걀을 세우려면 폭력적인 방법이긴 하지만 둥근 면을 제거하면 되었다. 현명한 인간은 자유와 평등이 민주적 절차와 선거권에서 온다고 믿었다. 수많은 사람들이 자신을 희생하면서까지 민주적 절차와 보통선거권을 열망했고 그것을 위해 싸웠다. 그러나 그것을 얻은 뒤에도 그런 사회는 오지 않았다. 아리스토텔레스도, 희생을 감수한 용감한 사람들도 무덤에서 편치 않을 이 '황당한' 현실을 가능하게 한 것은 무엇일까.

이 황당한 현실은 자본주의 사회에도 그대로 적용된다. 자본주의 사회에서 다수를 차지하는 서민은 대부분 노동자인 동시에 소비자라는 이름을 갖는다. 아무리 그악스런 자본이라 할지라도 노동자들이 힘을 합쳐 생산을 멈추면 작동될 수 없고, 소비자들이 힘을 합쳐 소비를 멈추면 작동될 수 없다. 최후의 칼자루는 분명 서민이 쥐고 있다. 하지만 우리 현실은 서민이 통제하는 자본주의와는 인연이 없다. 자본이 국가를 관리, 통제해 노동자의 파업권을 제한하는데 성공한 탓도 있겠지만, 그것만은 아니다. 서민은 서민 전체의 눈으로 사물을 바라보지 않는다. 정치인들은 모두 그럴 듯한 수사로 '우리'의 문제를 말한다. 그러나 의식의 주체는 '우리'가 아니라 각 '개인'이다. '서민 나'들은 자본이 주인인 자본주의 사회에서 자본의 마름이나 머슴이 되겠다고 다투면서 선망과 경쟁의식으로 '서민 우리'를 배반한다.

사회적 약자들의 '자신을 배반하는 의식'은 의외로 쉽고 간단하게 형성된다. 동물을 조련하듯 당근과 채찍으로. 성적과 등수 올리기 경쟁이 채찍이라면, '대한민국 1퍼센트' '부자 아빠'에 대한 선망과 성공한 연예인이 거머쥔 부에 대한 동경은 '99퍼센트의 사람들'에게 던져지는 당근이다. 그 가능성은 로또복권에 당첨되는 확률에 불과하지만, 수많은 서민이 로또에 명운을 걸듯이, 그리고 잠자리에 들 때마다 모두 '자기만' 1등에 당첨되는 꿈을 꾸듯이, 모두 성공 예감으로 뜀박질하도록 내모는 것이 제도교육과 대중매체가 맡은 일이다. 가령 오늘 상가 세입자들은 용산 참사를 자기 일처럼 봐야 할 것 같은데 대부분은 남의 일처럼 바라본다. 오늘은 세입자의 처지에 있지만 장래에 되리라고 기대하는 부자나 집주인의 시각으로 세상을 바라보는 것이다. 민주주의 정치제도 아래에서 20대 80의 양극화 사회가 관철되는 것은 '80'에 속하는 사람들 중 적지 않은 사람들이 기대하는 미래상으로 자신을 일치시켜 오늘의 자신을 배반하는 것도 한몫한다. 그리하여, 아리스토텔레스를 웃음거리로 만든, 자신을 배반하는 의식을 가진 '나'들의 신음 소리는 오늘도 신문과 방송의 사회면을 장식한다.

매일 뉴스를 보는 일은 대단한 절제력과 인내심을 필요로 한다. 그러나 우리는 이미 익숙해져 있다. 거기엔 '나'와 별로 다르지 않은 사회적 약자와 소외된 사람들의 슬픔과 절망이 담겨 있다. 나와 다른 '나'들이 절망적인 순간에 선택한 죽음은 동시대인들인 '나'들에게 무력감을 안겨줘야 하지만, 우리는 그런 죽음들에 이미 익숙해져 무력감조차 느끼지 못한다. 그 죽음에 이르는 선택은 인간성을 상실한 무서운 사회를 향해 그들이 할 수 있는 마지막 손짓이다. 그 '나'들이 뉴스의 주인공이 되어 등장하기까지 절망에 빠져 있을 때, '우리'는 무엇을 하고 있었을까.

황우석 박사의 줄기세포 연구에 대한 국민적 환호는 그것이 창출할 경제적 이익에 대한 환호였을 터. 그것이 '나'에게 돌아올 몫이 있다고 의식하든 아니든 우리의 반응은 파블로프의 조건반사와 같았다. 정부는 막대한 지원을 신속하게 실행하는 것으로 화답했다.

오래전 성남으로, 경기도 광주로 이주당한 사람들의 처지를 간단히 외면할 수 있게 해준 것은 미끈하게 들어선 아파트였다. 낙엽이 구르는 것만 보아도 천진난만하게 웃을 나이에 점수가 낮다는 이유로 죽음을 택하지만, 그 죽음은 경쟁력 제고를 위해 평준화를 폐지해야 한다는 주장만큼 우리의 관심을 끌지 못한다. "2등은 아무도 기억하지 않는다"라고 되뇌며 모두들 자신의 3등 인생을 위무한다. 농민이 제 몸에 기름을 붓고, 부모와 조부모가 있는 아이가 아무도 돌보지 않는 사이 홀로 개에 물려 죽는다. 인분 사건, 총기 난사 사건으로 나라가 떠들썩했지만 한 사병이 또 어이없이 죽는다. 도시에서 껍데기가 벗겨져 나간 하얀 쌀알에 남아 있을 농약을 걱정하는 중에도 농약을 뒤집어쓴 채 논밭을 일구던 농민들이 여의도에 눕는다. 도시의 '나'들은 통상이니 경제적 효용성이니 낯선 단어로 더하고 빼며 타당성을 따지고 합리적 판단을 말한다. 농촌의 '나'를 죽음으로 이끈 절망은 도시의 '나'들의 무관심이다. 그렇게 농촌은 패배했고, 우리는 모두 근본에서 패배했다.

모든 나들이 '나'만의 행운을 위해 '우리' 모두의 행복을 짓밟으며 살고 있다는 충고는 판도라의 상자에 애당초 희망이 들어 있지 않다는 악담이다. 그래도 살아야 한다. 끝내 죽더라도 싸우다 지쳐 시어질 때까지는 살아내야 한다.

보잘것없음

중학생 때 나는 당시 유행을 따라 책상머리에 큼지막하게 '극기'(克己)라고 써붙여 놓았다. 물론 한자로 썼는데 그래야 제 맛이 난다는 겉멋 때문이었다. 그 겉멋은 '극기'에 '못난 놈은 자기 자신과 싸우는 대신 남과 경쟁한다'는 의미까지 부여했다. 하지만 그 '극기'는 실상 점수 경쟁에서 앞장서겠다는 각오에 지나지 않았다.

책상머리에 '극기'라고 써붙여 놓았지만 나는 별로 신통치 못했고 계속 중간에서 맴돈 평범한 학생이었다. 당시는 아직 '개천에서 용 나'던 시절이었고, 경쟁도 요즘처럼 치열하지 않았기에 나 같은 학생도 그 학교의 일원이 될 수 있었다. 고등학교에 입학하니, 교훈이 '자유인 문화인 평화인'이었다. 자유인, 문화인, 평화인이라……. 그러나 나는 다른 학생들과 마찬가지로 석차를 1등이라도 올려야 한다는 경쟁의식에 매몰돼 있었지, 자유인, 문화인, 평화인을 가슴에 새기겠다는 염은 애당초 없었다. 나는 자유인의 진정한 의미조차 몰랐고 알려고 하지도 않았다. 다만 남부럽지 않은 학교에 다닌다는 데서 오는 우쭐함을 기본으로, 장래가 촉망된다는 주위의 시선 속에서 엘리트 의식을 형성하였고 남이 부러워하는 출세를 하겠다는 세속적 욕망을 키워가고 있었다. 진정한 자유인과는 아주 다른 길을 지향하고 있었던 셈이다.

스무 살이 될 때까지 나는 특출하진 못했어도 한국사회에서 전형적인 엘리트 코스를 밟았다. 가령 나에게 '불온'이란 말은 가장 멀리 해야 할 것 중의 하나였다. 당시 내가 인간과 사회를 이해하던 수준은 지금 돌이켜보니 '대략난감'이라는 말로도 부족할 지경이지만, 내가 그런 수준에 머물러 있을지도 모른다는 의심은 추호도 하지 않았다. 지금은 교양이 불온인 사회에 살고 있지만, 당시의 나에게 불온은 다만 불온이었고 교양은 다만 교양이었다. 그뒤 우연한 사건과 일탈 그리고 우여곡절 끝에 스스로 불온한 사람이 되었다.

지금 새삼스럽게 중학생 때 어쭙잖게 책상머리에 붙여놓았던 '극기'와 고등학교 교훈의 하나였던 '자유인'을 돌이키게 된 이유 중엔 삼성 X파일 녹취록에 등장하는 'K1' 고등학교가 바로 그 학교라는 점도 있다.

"검찰은 내가 좀 하고 있어요. K1들도……."

"아주 주니어들, 회장께서 전에 지시하신 거니까, 작년에 3천 했는데 올해는 2천만 하죠. 우리 이름 모르는 애들 좀 주라고 해서……."

K1고 출신인 중앙일보 홍석현 회장이 삼성재벌의 이학수 부회장과 나눈 대화의 한 토막이다. 이른바 '떡값'을 나누어줄 대상을 하나하나 챙기는 화자들의 대화 내용을 보면서 이 땅에서 남이 부러워하는 학교를 나와 남이 부러워하는 출세를 한다는 것의 의미를 곱씹어보게 되었던 것이다. 그리고 지금 이 시간에도 제대로 잠도 못 자면서 문제 풀고 영어 단어를 외우는 청소년들이 궁극적으로 무엇이 되고자 하는지 묻게 되었던 것이다.

'무엇이 되려고 그렇게 열심히 공부하는가?'라는 물음에 '삼성왕국이 주는 떡값을 받는 마름이나 머슴이 되거나 그에 버금가는 인물이 되기 위해서'라고 대답할 청소년은 없을 것이다. 그러나 그들은 곧 그들의 선배가 그랬듯이 삼성왕국의 마름이나 머슴이 되려고 애쓰거나 삼성왕국이 떡값을 던져주는 '출세'한 자신의 모습을 발견하게 될 것이다. 출세하지 못한 자나 나처럼 불온한 사람에게 삼성왕국이 떡값을 챙겨줄 리 없다.

일제 때부터, 아니 그 이전부터 출세를 위해 학업에 정진한다는 의미는 지배계급이 설정한 평가기준에 잘 따른다는 뜻에서 크게 벗어나지 않는다. 지배계급의 충실한 마름이 되어 그 하부에 편입하려면 그렇게 하지 않고서는 불가능하기 때문이다. 그래서 개천에서 용 난 사람은, '개천 사람들'의 이익을 대변할 수 없고 지배층의 요구에 순응하는 조건으로만 출세할 수 있다. 삼성일반노조 위원장 김성환 씨는 그 흔한 특별사면에서도 빠진 채 3년 8개월 징역을 꼬박 살고 나와야 했다. 그가 한 일이라곤 불법과 비리로 얼룩진 삼성왕국에 맞서 싸운 것밖에 없지만, 검찰·사법·정치·언론 권력 중 그를 대변해 줄 '힘 센' 사람이 이 사회엔 없었다. 이 점은 우리에게 이 사회 곳곳에 민주적 통제를 강화해야 한다는 점을 일깨워주지만, 여기서 짚고 싶은 얘기는 한국사회에서 남들이 부러워하는 근엄한 지위에 오른 인물들의 보잘것없음에 대해서다. 그들은 진정한 자유인인 김성환 씨에 비할 때 얼마나 보잘것없는 마름들인가.

남달리 형성한 '교육자본'을 통해 성공한 엘리트들의 전형적인 모습이 '보잘것없음'이라면 이 사회는 참담할 정도로 보잘것없다. 자유인, 문화인, 평화인이 가당키나 한가. 검사는 국가의 엘리트들인데 '법 정의'의 파수꾼이 되라는 소명을 받은 그들이 삼성왕국이 던져주는 떡값을 받아 챙기고 그 경비견이 되는 일을 서슴지 않는다. 용산 참사 관련 수사기록 3천 쪽을 공개하지 않는 뻔뻔스러움을 마다하지 않고 강기훈 유서대필 사건과 관련된 과거의 잘못을 인정하려 들지 않는다. 그런 검사들이 삼성왕국이 주는 돈은 게걸스럽게 잘 받아먹는다. 국가 엘리트들이 자신의 보잘것없음조차 부끄러워할 줄 모를 정도로 보잘것없는 것이다. 검사뿐인가, 우리는 국회의 인사청문회에서 예외적인 인물을 만나기 어렵다. 부동산 투기나 학군을 바꾸기 위해 대충 위장 전입하고, 대충 탈세하고 그것을 관행이라고 천연덕스럽게 말하는 것, 이 땅의 사회귀족들이 보여주는 보편적 모습이다.

마름의 속성은 '자발적 복종'에 있다. 16세기에 열여덟 젊은 나이에 〈자발적 복종〉이라는 책을 쓴 에티엔느 드 라 보에티는 "세상에서 가장 두려운 것은 우리를 은밀히 노예로 만드는 유혹이다. 이에 비하면, 폭력으로 통치하는 방법은 그다지 겁나지 않는다"고 말했다. 그는 자유에 관하여 "많은 선 가운데 단 하나의 고결한 선이 있으니 그것은 곧 자유이다. 우리가 만약 이것을 잃어버린다면, 곳곳에 악이 창궐하며 남아 있는 다른 선에서도 어떠한 맛과 흥미를 느낄 수 없게 된다. 자발적 복종은 모든 것을 망가뜨리며 자유만이 유일하게 선을 정당화한다"고 말했다. 오늘 한국사회의 각 부문에서 출세한 인물들은 자유인이 아니라 지배 권력과 맘몬의 신에게 자발적으로 복종하는 충실한 마름들이다. 그래야 출세할 수 있다. 자본주의 사회에서 자유인들은 대개 불온하지만 한국사회의 경우 그 정도가 더욱 심해 불온하지 않고는 자유인이 될 수 없다. 지배권력과 맘몬의 신을 모시는 신료들은 자신의 대척점에 서 있는 자유인을 억압하며 가학성을 드러내기도 한다.

'억울하면 출세하라'는 말은 이렇게 바꿔 쓰는 게 좋을 것이다. '스스로 보잘것없으려면 출세하라.' 마름의 좌우명은 '한 번밖에 오지 않는 소중한 삶을 기존 체제에 기생하여 그것이 허용한 기름진 생존을 누리며 환호작약하라' 쯤 되겠다.

이 사회가 요구하는 능력이란 결국 기존 체제가 요구하는 마름이나 머슴이 되는 능력에 지나지 않음을 간파하더라도, 이 보잘것없는 사회와 맞서 싸우려면 이 사회가 강제한 경쟁 게임에서 능력을 인정받아야만 그 길이 열린다는 점을 부정하기 어렵다. 앞으로 이 보잘것없는 사회에 맞서 싸우겠다고 다짐하는 청소년들이 있다면 그들에게 이중의 노력이 필요한 것은 그 때문이다. 하나는 이 보잘것없는 사회가 요구하는 능력을 갖춰야 한다는 것이다. 비록 보잘것없지만 이 사회가 요구하는 능력을 갖추지 않으면 이 사회는 그대에게 이 사회에 맞서서 발언하고 행동할 기회를 주지 않는다. 또 하나는 이 보잘것없는 사회가 인정한 그대의 능력이란 게 '당연히' 보잘것없다는 점을 인식하고 스스로 보잘것없음에서 벗어나려고 노력해야 한다는 것이다.

그것은 끝없는 자기와의 싸움이 될 것이다. 이 사회가 인정한 능력을 갖고 있으면 언제라도 이 사회에 안주할 수 있다. 결혼하고 아이 낳고 가정을 이뤄 살아가노라면 자신과 끊임없이 싸우는 어려운 길을 택하기보다는 사회에 안주하려는 자신을 합리화하는 쪽으로 기울게 되고, 그 안에 안주하는 자신을 합리화하려고 이 보잘것없는 사회에 대한 시각 또한 비판적이기보다는 긍정하는 쪽으로 기울게 된다. 그대에게 자산이라도 늘게 되면 교양이 불온이고 불온이 교양이던 사회는 점차 불온은 그저 불온이고 교양은 그저 교양인 사회로 바뀔 수 있다. 이 위태로운 도정에서 끊임없이 자기 성찰하며 진정한 자유인의 의미를 되새김질할 것을 기대할 수밖에 없다. 이 사회가 조건지운 보잘것없음에서 스스로 벗어나기 위해.

몰상식

"스님들은 쓸데없는 짓하지 말고 빨리 예수님을 믿어야 한다."

"머리를 민 정신 나간 사람들."

"불교 믿는 나라는 가난하고 하나님 믿는 나라는 다 잘 산다."

다른 사회라면 '정신 나간' 보통 사람도 하기 어려운 말들이 한국 목사들의 입에서 나왔다. '예수천국, 불신지옥'은 서울 명동거리에서 마주치는 일부 광신자들의 전유물이 아니다. 세상에 엽기적인 일이 참 많지만 가장 엽기적인 일은 엽기적인 일을 엽기적으로 받아들이지 않는 경우다. 한국 개신교의 주류를 차지하는 목사님들의 행태가 그런 예에 속한다. 일찍이 루소가 지적한 "자기가 믿는 모든 것을 믿지 않으면 선의의 인간이 될 수 없다고 생각하고, 자기와 똑같이 생각하지 않는 모두에게 냉혹한 저주를 내리는" 불관용의 전형적인 모습이다. "불교 믿는 나라는 가난하고 하나님 믿는 나라는 잘 산다"는 '맘몬의 신'이 지배하는 주류 개신교의 주장이다. 인구 중 65퍼센트가 가톨릭이고 2퍼센트가 개신교도로 구성원의 다수가 하느님을 믿는 프랑스는 잘 사는 나라에 속하는데, 그들이 가장 존경하는 피에르 신부는 "사람을 굳이 둘로 나누어야 한다면 믿는 사람과 믿지 않는 사람으로 나누어지는 게 아니라 이웃사랑을 실천하는 사람과 그렇지 않은 사람으로 나누어진다"고 말했다.

몰상식은 불관용을 낳고 불관용은 제어되지 않을 때 거침없이 폭력으로 나아간다. 이 사회에서는 차이를 용인하지 않는 몰상식이 용인되는 정도가 아니라 아예 주류를 차지한다. 종교의 차이에 대한 불관용을 거리낌 없이 드러내는 목사들이 주류를 차지하는 한국의 개신교는 이명박 정권에게 국가폭력 기관들을 맡겨두는 것에 비하면 덜 위험할까? 지금 그 둘은 한데 뭉쳐 있다.

한국의 종교계 인사들 중에서 "한국과 같은 다종교 사회에서 종교 갈등이 없었던 것은 기적과 같은 일이다"라고 말하는 사람이 있다. 정말 한국사회구성원들이 유독 종교의 다양성만큼은 존중하는 것일까? 현상이 본질을 감추듯이, 이유는 다른 데 있다. 종교를 갖지 않은 사람이 절반 가까이 된다는 점, 그래서 어떤 종교도 절대 다수를 차지하지 않는다는 점이 크게 작용했다. 2005년 인구조사에 의하면, 우리 인구의 53퍼센트가 종교를 갖고 있는데, 불교도가 22.8퍼센트로 가장 많고, 개신교 18.3퍼센트, 천주교 10.9퍼센트 순이다. 개신교가 인구의 과반수, 아니 40퍼센트 정도라도 차지했더라면 종교 편향이나 종교 간 갈등 양상은 이명박 정권이 성립되기 이전에도 많이 달랐을 것이다.

둘째 이유는 종교의 차이 말고도 사상, 이념의 차이와 지역의 차이로 편 가르기를 할 게 있었기 때문이다. 지금까지 수구 기득권세력은 그들의 '잃어버린 10년'을 제외하고 사상, 이념의 차이와 지역 차이로 편 가르기를 하여 정치적으로 이용했고 성공해 왔다. 극우 반공주의와 영남 패권주의는 사상, 이념의 차이와 지역의 차이를 차별, 억압, 배제의 근거로 삼는 강자, 다수에게 아주 편리한 무기다. 극우 반공주의가 나와 다른 사상을 가진 사람들을 배제, 억압하면서 사회 구성원들에게 그러한 배제와 억압에 동의하도록 강요한다면, 영남 패권주의는 출신 지역의 차이를 '적대적 우열' 관계로 환치시켜 다른 지역, 특히 호남 출신을 차별, 억압, 배제시킨다. 우리 사회에 아직 종교 갈등 양상이 드러나지 않았던 것은 다른 종교를 용인할 줄 알아서라기보다 정치적 목적을 달성하기 위해 동원하여 효과를 본 사상, 이념의 차이, 지역의 차이가 있기 때문에 굳이 종교의 차이까지 끌어들일 필요가 없었다고 보는 게 더 정확하다. 앞으로 극우 반공주의와 영남 패권주의가 소기의 효과를 충분히 발휘하지 못할 때 종교의 차이도 동원될 수 있다.

이명박 정부가 그 전조를 보여주고 있다. 서울 시장으로 재직했을 때 서울시를 하나님에게 봉헌했던 이명박 장로 대통령에게 잘 보이려고 공직자들이 충성 경쟁에 개신교를 동원하고 있다. 경찰청장이 전국경찰 부흥회 포스터에 등장하고, 조계종 총무원장의 자동차를 조계사 들머리에서 불심검문한다. 교육과학기술부의 학교 현황 소개와 국토해양부 〈알고가〉 교통 정보에 교회만 표시하고 사찰은 누락시킨다. 포항시 예산 1퍼센트를 '시의 성시화'에 사용하려던 포항 시장이 영전되고, 27사단 참모장은 부처님 오신 날에 비상 작전 명령을 내려 영외 거주 불교도들까지 소집하며, 청와대 경호처 차장은 "모든 정부 부처의 복음화가 나의 꿈"이라고 말한다. 이런 행위는 민주공화국의 공직자들이 할 수 있는 일이 아니다. 그들은 다른 종교에 대한 불관용이 인류 역사상 얼마나 잔인한 살육을 낳았고 집단광기를 불러왔는지 알지 못하거나 알아도 개의치 않는다는 품새다.

종종 공상과학 소설에 나오는, 나와 똑같은 사람들이 제조된다는 상상만으로도 사람들은 끔찍해한다. 그렇다면 모든 사람이 나와 다르다는 점에 안도하며 반겨야 할 텐데 그것도 아니다. 공자는 "군자는 화이부동(和而不同)하고 소인은 동이불화(同而不和)한다"고 했다. 군자는 하나로 획일화하지 않으면서 평화로운데, 소인은 별 차이도 없으면서 불화한다는 것이다. 지상의 꽃들은 스스로 자신의 아름다움을 드러낼 뿐 다른 꽃을 시샘하지 않는데, 소인들은 자기와 비슷한 사람을 만나면 차이를 찾으려 애쓰고, 자기와 다른 사람을 만나면 자기와 같지 않다고 시비를 건다. 이 이중성은 남에 비해 자기가 우월하다는 점을 확인하면서 만족해하려는 저급한 속성에서 비롯된다. 자기성숙을 모색하지 않는 사람일수록, 개인으로서 내세울 장점이 없는 사람일수록, 자기가 속한 집단인 국가, 민족, 종교, 지역, 혈연, 출신 학교를 내세운다.

볼테르의 말처럼 "우리들의 부싯돌은 부딪혀야 빛이 난다." 서로 다른 견해가 표현되어 부딪힐 때 진리가 스스로 드러난다는 것이다. 나와 다른 견해를, 다르다는 이유로 없애려고 하는 것은 내 견해의 정당성을 밝히기 위해서도 옳지 못한 행위다. 그러나 사회구성원들의 성찰 이성이 성숙되지 않고, 긍정적 가치를 공유하지 못할 때, 다름의 관계는 서로 부정하는 관계로만 설정된다. 공익과 진실이라는 목표를 놓고 서로 다른 의견이 합리적 논거를 통해 경쟁하는 대신, 서로가 서로를 극복해야 하는 부정의 관계로만 설정되는 것이다. 서로 상대방을 용인하는 경쟁대상은 설 자리가 없고 내 편이 아닌 모든 사람이 극복대상이 된다. 다름이 경쟁대상이 되지 않고 오직 극복대상으로 되는 사회, 이런 사회에서 약자와 소수자는 항시 인권 침해의 대상이 될 위험에 처한다.

우리는 일상생활에서 '같다'의 반대말인 '다르다'와 '옳다'의 반대말인 '틀리다'를 뒤섞어 사용한다. 잘못 사용하는 줄 아는 사람들조차 잘못을 고치지 않고 계속 쓰고 있을 만큼 일상화되어 있다. '다름＝틀림' 등식은 한국사회에서 '자유'의 반대를 '불안'이나 '무질서'로 받아들이는 것과 비슷한 방식으로 관철된다. '자유'의 반대가 무엇이냐고 물으면 '억압'이라고 정답을 내놓기도 하지만, 실제 생활에서는 자유의 반대가 마치 '불안'이나 '무질서'인 양 받아들인다. 그래서 용산 참사 사태나 쌍용차 노조 파업에서 보듯이 사회적 약자나 소수자의 사회정의와 인권 요구를 법과 질서의 이름으로 억압하는 데 동의한다.

'다름＝틀림'의 등식은 다름의 관계를 '옳고/그름', '우/열'의 관계로, 나아가 '선/악', '정상/비정상'의 관계로까지 증폭시킨다. 소수자와 약자는 소수자와 약자라는 이유로 차별, 억압, 배제당하고, 인권 침해의 대상이 된다. 군사문화가 상징하는 힘의 논리와 결합하여 '다름＝틀림'의 등식은 더욱 강력하게 관철된다. 집단에 기댄 이기주의자들이 양산되는 한편, 자기성숙의 모색을 위한 긴장을 다수, 강자 지향의 패거리주의의 품속에서 이완시킴으로써 사회문화적 소양을 함양하지 않도록 작용한다. '나는 옳다'를 전제로 한 '다름＝틀림'의 등식은 타자만을 대상화함으로써 자아를 성찰 대상으로 삼지 않기 때문이다. 17세기 인문주의자인 바나주 드 보발은 "견해의 대립을 통해 이성을 눈뜨게 하지 않으면 인간을 오류와 무지로 몰아가는 자연적 성향이 지체 없이 진리를 이기게 된다"고 했다. 우리 사회에 대한 정확한 진단이 아닐까.

차이를 차별, 억압, 배제의 근거로 삼지 말라는 성찰 이성의 요구가 톨레랑스라고 할 때, 한 사회가 보여주는 톨레랑스의 척도는 그 사회구성원들의 성찰 이성이 얼마나 성숙한가에 달려 있다. 성찰 이성에 눈뜬 사람은 나와 다른 사람, 문화를 만날 때 서로 장점을 주고받으려고 노력한다. 또 어제의 나보다 오늘의 내가, 오늘의 나보다 내일의 내가 더 성숙하기를 기대하며 자기성숙을 위해 노력한다. 성찰 이성에 눈뜨지 못한 인간은 자기성숙을 위해 노력하는 대신에 남과 비교하여 스스로 우월하다는 점을 확인하기 위해 애쓴다. 자기성숙의 긴장이 없는 사람에게 스스로 우월하다고 믿게 해주는 것은 그의 소유물이며, 그가 속한 집단이다. 이 소유물과 소속집단은 인간 내면의 가치나 성찰 이성의 성숙과는 무관하다는 공통점을 갖는다. 가난한 자, 장애인, 여성, 동성애자, 외국인 노동자는 성찰하지 않는 가진 자, 비장애인, 남성, 이성애자, 내국인의 우월성을 확인시켜주는 소수자, 약자가 돼줘야 한다. 소유물에 집착하는 사람일수록 자신이 속한 집단의 우월성에 집착하는 경향을 가지며, 차이를 차별, 억압, 배제의 근거로 삼지 말라는 성찰 이성의 요구를 받아들이는 대신에 차이를 우/열, 정상/비정상, 선/악으로 구분하여 차별하고 억압하고 배제하는 것을 정당화한다.

성적 소수자들은 그렇게 태어난 존재이지만 이성애자들은 자신이 '정상'이라는 우월성을 확인하며 성적 소수자들을 억압하거나 차별하는 데 동의한다. 성적 소수자들은 사회에 따라 4~12퍼센트 정도라고 한다. 세계에서 동성애자들의 결혼권이 허용된 나라는 네덜란드, 벨기에, 캐나다, 스페인이다. 그 외 많은 나라들에서 성적 소수자들은 결혼권은 아니더라도 동거권을 가져 법으로 보호받고 있다. 우리나라의 성적 소수자들은 법적 보호에서 완전히 배제되어 있다. 무릇 잘못된 행동이나 발언에 대해서는 비난할 수 있으되 존재에 대해서는 비난할 수 없는 법이지만, 우리 사회에서 성적 소수자들은 소수자라는 이유로 비난의 대상, 배제의 대상이 된다. 그들은 자신의 성적 정체성을 스스로 부정하라는 사회적 폭력 앞에 노출돼 있다.

동남아 출신 이주노동자에게 "어이, 그래 한 달에 얼마 벌어?"라고 거리낌 없이 반말을 건네는 내국인들에겐 이주노동자들에 대한 우월감이 있다. 이주노동자들이 이 땅에 정주하면 안 된다는 정부 당국자의 발상에는 단일민족, 혈통보존이라는 전근대적 사고 이외에 제3세계 출신 이주노동자들에 대한 차별의식이 자리 잡고 있다. 오늘 아프리카인들은 그들의 선조들이 떠나지 않겠다고 울부짖었던 땅을 스스로 떠나 선조들이 팔려나갔던 바로 그 땅으로 가기 위해 필사적인 모험을 한다. 아프리카나 동남아시아 등 제3세계 사람들에 대해 우월감을 느끼는 사람일수록 비굴할 정도로 제1세계와 백인을 선망한다. 자신의 우월함을 확인하기 위해 이주노동자들에게 은근하게 친근감을 드러내는 척하는 게 고작이지만, 백인에게는 받는 것도 없이 간까지 내줄 양 친절을 베푼다. 미국한테는 마냥 '바치기'를 하면서 굶주리는 북한에 대해서는 '퍼주기'라고 떠들어대는 모습과 상통한다.

사람은 죽어 누울 자리는 선택할 수 있으나 태어나는 자리는 선택할 수 없다. 그런데 이 사회에서는 지리산의 이 자락에서 태어났는지, 저 자락에서 태어났는지가 여전히 중요하고 심지어 일생 동안 따라다니는 천형처럼 받아들여지기도 한다. 선택할 수 없는 출생지를 두고 시비를 걸고 특정 지역 사람들을 차별하고 배제하는 사회에서, 궁극적으로 각자가 선택하는 사상과 신앙이 다르다고 시비를 걸고 차별하고 억압하는 것은 당연한 귀결이다. 유럽인들이 16세기에 같은 하느님의 자식이면서 신/구교로 분열되어 서로 잔인하게 죽이고 전쟁을 일으켰다면, 우리는 20세기에 같은 민족이면서 사상과 체제가 다르다는 이유로 서로 잔인하게 죽였고 전쟁을 일으켰다. 다르다는 이유로 인간이 얼마나 잔인해질 수 있고 집단 광기에 몸을 맡길 수 있는지에 대해 과연 우리는 얼마나 반성적 성찰을 하고 있나. 나와 다른 상대방을 탓할 뿐이거나 기껏해야 전쟁 상황을 탓할 뿐이다.

20세기 초 유태인 청년은 자고 일어나는 아침마다 "아, 난 유태인이야"라고 자신의 정체성을 확인하지만, 게르만인 독일인은 자고 일어난 아침에 "아, 난 게르만이야"라고 확인하지 않는다. 아침마다 유태인으로서의 정체성을 끊임없이 확인하는 유태인에게 독일인들은 걸핏하면 "너, 유태인이지?"라고 말하는 반면에, 자고 일어나는 그 어느 아침에도 스스로 "아, 난 게르만이야"라고 정체성을 확인하는 일이 없는 독일인에게는 "너, 게르만이지?"라고 묻는 사람이 없다. "나는 서울 사람이야", "나는 경상도 사람이야"라고 혼잣말하는 서울 사람이나 영남 사람은 거의 없지만, "나는 전라도 사람이야"라고 혼잣말을 하는 호남 사람은 없지 않다. 또한 "너, 서울 사람이지?", "너 경상도 사람이지?"라고 묻는 일은 거의 없지만, "너, 전라도 사람이지?"라고 묻는 일은 이따금 일어난다. 한국사회에서 "너, 경상도 사람이지?", "너, 전라도 사람이지?"라는 두 개의 질문에 차이가 없을 때는 언제쯤 올까?

성 소수자들이 스스로 성 소수자의 정체성을 끊임없이 확인하면서 "너, 동성애자지?"라는 물음을 받으며 살아야 하는 것처럼, 소수자들은 소수자이기 때문에 소수자로서의 자기 정체성을 끊임없이 돌아보게 된다. 소수자에게 강요된 '자기 돌아봄'은 사회적으로는 천형(天刑)일 수 있지만 인간적으로는 천혜(天惠)일 수 있다. 소수자들은 일상적인 '자기 돌아봄'을 통해 역지사지(易地思之)를 쉽게 익히지만, 다수자들은 자기 돌아봄도 부족하고 역지사지도 어렵다. 소수자에겐 자기성숙의 긴장이 살아 있지만 다수자는 다수파에 안주함으로써 자기성숙의 긴장을 놓치기 쉽다.

우리는 비교라는 말에 관해 성찰해야 한다. 남과 비교할 땐 서로 장점을 주고받기 위한 경우로 한정할 일이다. 나의 우월성을 확인하려는 비교는 멀리 하라는 것이다. 그런 비교는 자기성찰을 하지 않는 소인배들이 주로 즐기는 일인데, 다수자일수록 다수자에 속한다는 것에 자족하고 자기성숙을 게을리 할 수 있다. 남과 비교하는 일이 아닌, 어제의 나보다 더 성숙된 오늘의 나, 오늘의 관계보다 더 성숙된 내일의 관계를 위한 비교에 머문다면 다수자, 소수자의 구분 자체가 무의미해질 것이다.

분노

물론 그들을 비난하는 것은 정당하다. 중남미 히스패닉계의 미국 원정출산은 주로 먹고살기 어려운 하층민들의 마지막 몸부림 같은 선택이다. 한국처럼 부유층이 원정출산을 대대적으로 하고, 대학교수, 외교관, 대기업 임원 등 잘나가는 사회귀족의 자식들이 병역 기피를 목적으로 국적을 버리는 나라는 이 세상에서 한국 말고는 찾아보기 어렵다. 그렇게 약속의 땅에서 태어난 자식들이 이 땅에서 그들의 부모처럼 사회귀족으로 군림한다.

그들이 국민의 의무는 다하지 않으면서 사회귀족으로 군림한다는 것은 분명 사회 불의고, 정서적으로도 용납할 수 없는 일이라는 점은 두말할 필요가 없다. 사회귀족 자제의 병역 기피가 어제오늘의 일은 아니다. 지금까지 심심찮게 불거졌지만 본질에 대한 접근 없이 오직 도덕성 시비, 노블레스 오블리주가 없다는 얘기만 거듭했다. 국적 포기 논란 역시 마찬가지다.

그들의 '솔직한' 주장처럼 원정출산이나 병역 기피를 위한 국적 포기는 능력 있는 사회귀족의 특권이다. 이 말에 우리의 속이 뒤틀릴 수 있다. 그러나 우리는 이미 "대한민국 1퍼센트의 힘" 같은 말을 받아들였고 적어도 무의식으로는 그 1퍼센트의 능력을 선망해 왔다. 이 사회는 "대한민국 1퍼센트의 힘", "당신의 능력을 보여주세요"라는 말에 무감각한 사회다. 내면 지향이 아닌 타자 지향의, 그리고 물질 중심의 가치관이 지배하는 사회다. 사회귀족에겐 보여줄 능력이 있는 반면, 우리에겐 없는 것뿐이다. 다시 말해, 그들이 뻔뻔한 것은 사실이지만, 내가 지금 그들처럼 뻔뻔하지 않은 것은 단지 그들이 가진 능력이 내게 없기 때문이라는 점도 대부분의 경우 진실이다. 그들에겐 뻔뻔할 수 있는 능력이 있지만 나에겐 그럴 능력이 없는 것뿐이다.

"솔직히 군대 가고 싶어 가는 놈 나와 보라고 그래!", "그런데 왜 너희들만 안 가냐?" 맞는 말이다. 그런데 희한한 일은 지금까지 벌어진 논란의 과정에서 "솔직히 군대 가고 싶어 가는 놈 나와 보라고 그래!"에 대해 따지는 경우는 거의 없고, "왜 너희들만 안 가냐?"에만 집착한다는 점이다. 그럴 때마다 갑자기 애국자들이 대거 등장한다.

이 땅에 노블레스 오블리주가 없다고 말하는 수많은 사람에게, 특히 젊은 그대에게 묻는다. 그대가 장차 이 땅의 '노블레스'가 된다면 스스로 '오블리주' 할 것인가. 그대가 말하듯 이 땅엔 노블레스 오블리주가 그 개념조차 없는데 유독 그대만 '오블리주' 할 것인가? 왜? 어떻게? 오늘 그대의 분노가 정당한 만큼 그대에게 던지는 이 질문 또한 정당하다. 거듭 말하지만, 사회귀족의 자식이 국민의 의무를 다하지 않는 것에 우리는 분노해야 하고, 그 자식들이 다시 이 땅의 사회귀족이 되어 대물림으로 군림하는 것에 분노해야 한다. 그렇지만, 우리가 분노한다고 이 땅에 없던 노블레스 오블리주가 갑자기 솟아나는가.

반면에, 그 분노의 절반만이라도 감옥에 갇혀 있는, 신념에 따른 병역거부자들—지금도 수백 명이 갇혀 있다—에 대한 연대의 정이나 이해심으로 바꿀 수는 없을까. 또 이런 일이 벌어질 때마다 보이는 사회적 합의의 절반만이라도 한국 군대를 인격화하는 일에 역량을 모을 수는 없을까. 왜 이 땅에는 분풀이나 가학성에 비해 연대의식과 이해심은 부족한가. 왜 여론몰이는 하면서 지혜를 모으지 못하는가. 심지어 대학생들이 자식의 한국 국적을 포기시킨 교수를 퇴출시키겠다고 결의했다고 한다. 이러한 분풀이의 휘몰이 속에서 나는 섬뜩함을 느낀다. 여론몰이와 분풀이 속에 군사문화의 폭력성과 가학성이 결합돼 있음을 보기 때문이며, 인간 이성과 감성이 추행 당한 기억이 아버지에서 아들로 대물림되어 남성성과 인성에 스며들어 있음을 확인하기 때문이다.

일제 군대의 유산을 이어받고 분단과 전쟁을 거친 한국 군대의 '까라면 깐다' 는 군기는 인간성을 짓밟으면서 인간을 폭력의 도구로 만드는 명분이었다. 그렇게 잘 훈련된 군인들이 제대한 뒤 시민이 되고 가장이 되고 교사, 예술가, 정치가가 된다. 우리는 군대 내무반 생활을 기억하고 싶어 하지 않지만, 그것은 이미 우리들 몸속에, 우리의 문화 속에 오롯이 자리 잡고 있다. 거기서 우리가 욕하면서 당하고 당하면서 배운 것 중 하나가 '요령' 인데, 그것은 군대의 폭력성을 삶의 방식인 양 포장할 뿐만 아니라, 바꿔야 할 현실을 어쩔 수 없는 현실로 받아들이게 하면서 사회구성원들이 서로 목적이 아닌 수단이 되도록 작용한다. 폭력 앞에 한없이 나약해져야 했던 기억도, 계급 하나의 차이로 누군가에게 짓밟혔거나 누군가를 짓밟았던 기억도 자랑 투의 농담거리로만 남아 있는 게 아니다. 2~3년 동안 군대 갔다 와서 20~30년 우려먹는다는 말 그대로, 피해와 가해의 경험은 기억으로만 남은 게 아니라 우리 삶 속에 속속들이 살아 있다.

군사정권 아래 사회 기강을 세운다며 길거리에서 벌였던 단속의 유령이 21세기에도 배회하고 있다. 과거에 비해 훨씬 나아졌다는 오늘의 군대에서도 그 유령은 인분을 핥게 하는 힘을 갖고 있다. 불온 도서를 선정하는가 하면 군대 내 인권 문제가 군 기강 차원에서 유보돼야 한다는 주장이 별 저항 없이 받아들여지는 사회다. 인권이 규율과 강인함을 저해한다는 주장이 무지의 소치가 아니라면 통제되지 않는 폭력성의 표현이다. 한국 군대에는 민족도 없고 인격도 없다고 어느 퇴역 장군이 말했다. 민족도 인격도 없는 군대가 사회구성원에게 '애국'을 요구하는 모순은 국민의 의무도 하지 않으면서 사회귀족으로 군림하는 모순과 통한다.

현대의 군대는 보병 중심이 아니라 기술과 장비 중심이며, 따라서 군대의 인격화를 요구한다. 인격체의 자발성 없이 강제성만으로 담보되는 군사력이란 앞으로는 더욱 보잘것없는 것에 머물 것이기 때문이다. 그렇다면, 이 땅의 사회귀족들은 원정출산에 나서기보다 군대 인격화에 앞장서는 게 낫지 않을까? 그들이 궁극적으로 원하는 것은 그들의 자식이 그들처럼 이 땅에서 사회귀족으로 군림하는 것일 테니까. 그들 자식들도 갈 만한 인격적인 군대로 만드는 쪽이 국적포기나 원정출산과 같은 사회귀족 결격 사항의 위험 부담을 안는 것보다는 합리적이지 않을까. 그러니 그것을 가속화할 대체복무제 실현을 위해 앞장서는 게 어떨까.

쓴소리

민주에 대한 열망으로 하나가 된 우리가 사회를 짓누르던 군사
정권에 두려움 없이 맞섰던 87년 6월이 있었다. 그 6월의 뜨거운 태
양은 암울했던 억압체제의 족쇄를 풀었다. 우리는 스스로의 대견함
에 애정의 눈길을 나누었고, 머리와 가슴은 민주주의의 진전을 위해
쉼 없이 움직였다. 그 동력은 우리 사회의 여러 부문에 변화를 추동
했고 그 변화 속에서 한겨레가 태어났다. 전 세계에서 유례를 찾기
어려운, 자본이나 권력이 주인이 아닌, 국민이 주인인 국민주신문.
하나가 된 우리의 경험은 하나의 기적을 만드는 데 더할 나위 없는
추진력이었다. 민중의 소박한 바람들, 자식만큼은 반드시 민주화된
세상에서 살게 하겠다는 데서 거짓 없는 신문을 보고 싶다는 데 이르
기까지 소박한 바람들이 담긴 십시일반으로 한겨레는 세상에 태어날

수 있었다.

　그런데 착각이 있었던 게 아닐까. 역대 독재정권에 의해 재갈 물린 언론에 숨통만 트여 주면 그동안 숨죽여왔던 민주주의와 사회정의, 그리고 인권신장의 요구가 봇물처럼 터져나오리라고 기대했다. 그동안 언론이 독재정권의 하수인으로 전락해 사회구성원들의 눈을 가리고 귀를 막았기 때문이지 일단 진실을 말하는 민주언론이 소통되기만 하면 사회는 이에 환호하는 사람들로 가득할 것이며, 6월 항쟁을 뛰어넘는 시민역량이 구축되리라고 기대한 사람이 한둘이 아니었다. 그러나 그 기대는 신기루였다. 인간은 편함을 추구하는 동물이다. 사회문제에 대한 관심이나 특히 정의와 진실의 추구는 필연적으로 불편함을 요구한다. 일상에서 사회문제, 정의와 진실에 관심을 갖는 사람은 사회에 따라 차이가 있지만 소수에 지나지 않는다. 그 소수가 한국사회에서는 극소수에 가깝다고 하면 지나친 말이 될까?

　두말할 것도 없지만, 한겨레 탄생이라는 감동이나 존재 이유가 한겨레의 생존수단을 보장하는 것은 아니다. 한겨레가 냉혹한 시장논리와 긴장하며 존재 이유를 지켜나가야 하는 태생적 어려움을 안고 출범했음을 뜻한다. 급변하는 사회환경을 주체적으로 인식하고 대처할 줄 아는 성숙된 시민의식을 가진 시민이 많지 않는 한, 시장의 요구와 한겨레의 지향이 배치됨으로써 생기는 구조적 한계를 극복하기 어렵다는 말이기도 하다. 한겨레가 시민사회의 성숙과 왜곡된 시장의 억압 사이에서 끊임없이 긴장할 수밖에 없는 배경이다.

회색인들의 회색의 사회에서 한겨레는 스스로 흰 배경이 되어 이 사회에 팽배한 회색과 검은색을 도드라지게 할 소명을 갖는다. 그러나 권력이 시장에 넘어가고 신문이 기업의 광고로 먹고사는 상황에서 그것은 거의 불가능에 가까운 일이다. 가령 신문 한 지면의 상단에 기업 비리를 파헤친 기사가 실리고 하단에 그 기업의 광고가 실리는 아름다운 일은 회색의 사회에선 언감생심이다.

회색의 사회에서 원칙과 상식은 애당초 불편한 것이다. 한겨레가 생존을 위해 원칙을 훼손하며 회색 신문이 되기를 고려한다면 그것은 자신을 부정하는 일이다. 삼성재벌이 한겨레와 경향신문에 광고를 끊었다. 삼성왕국에서 법무 팀장을 지낸 김용철 변호사가 삼성의 탈법과 비리 행각을 폭로한 뒤 이를 가감 없이 보도한 것에 대한 광고주 삼성의 대응이다. 그런데 한겨레나 경향신문 독자들까지도 그 일상을 지배하는 것은 시민으로서의 의식보다는 소비자로서의 정체성이다. 한국 노동자들의 일상을 지배하는 것이 노동자가 아닌 소비자의 정체성인 것처럼. 우리 사회에서 노사간 균형이 아직 먼 얘기이듯, 한겨레와 경향신문의 독자들도 소비생활을 위한 제품을 구입할 때 삼성재벌의 반시민적, 반노동자적 행태를 감안하여 삼성을 보이콧하지는 않는다.

이명박 정권과 함께 그마저도 퇴행의 길을 걷고 있지만, 절차적 민주화는 반민주세력에 맞서 하나로 뭉쳤던 우리 안에 유보되어 있던 복잡하고 다양한 욕구를 분출시켰다. 한겨레를 지탱하던 민주시민 사이에도 균열이 생겼다. 계급과 계층을 아우르는 울타리가 해체되고, 한겨레의 논조를 향한 주장과 요구는 그 다양성만큼이나 제각각이다. 존재 이유를 논하는 것은 차치하고 모두를 만족시킬 수 없다는 상식조차 부족해 한겨레에 대한 비난을 잠재우기 어렵게 했다. 더구나 6월 항쟁으로부터 멀어지면서 사회구성원들은 정치동물에서 점차 경제동물로 바뀌었다. 이 사회의 신문은 보수신문 대 진보신문으로 나누어지는 게 아니라 '몰상식한 부자일보' 대 '상식적인 가난한 신문'으로 나누어지는데, 상식적인 가난한 신문의 부수는 늘지 않았고 영향력은 커지지 않았다. 무가지의 범람과 인터넷이라는 새로운 매체 환경 속에서 가난한 신문은 더욱 어려워지고 있다. 감동은 사라지고 우리는 흩어졌는데, 처음부터 한겨레를 전방위에서 조여온 경제적 압박은 생존을 위한 타협을 저울질할 수밖에 없는 처지로까지 내몰았다.

흔히 신문을 사회의 거울이라고 한다. 이 말은 경쟁논리가 지배하는 시장에서 약자를 위한 신문의 존재 이유를 규정하는 게 오로지 그 사회의 성숙된 시민의 역량이라는 말도 된다. '닭이 먼저냐, 달걀이 먼저냐'라고 물으며 한겨레의 생존을 두고 구차하다고 말할 때 그 구차함 또한 시민사회의 역량의 반영이라는 점을 고려해야 한다. 한겨레에 쓴소리를 할 자유는 누구에게나 있다. 그러나 그 부메랑까지 각오하는 사람은 많지 않다.

자본주의 사회는 자본의 마름이나 머슴이 되지 않겠다는 늠름한 민중에게 생존의 한계선상에 서도록 강요한다. 마찬가지로 한국의 천박한 자본주의를 비판해야 하는 신문은 그만큼 어려운 생존의 한계선상에 설 수밖에 없다. 진보성을 일관되게 펼 수 있는 일간지는 진보의식을 일상성으로 확보한 시민 없이는 생존이 불가능한 것이다. 오늘 한겨레는 지면에 자본주의에 대한 긴장 대신 자본주의에 대한 자발적 복종, 비자발적 복종이 자리 잡고 있다는 비판을 받아 마땅하다. 그러나 그것은 그러한 시민사회의 반영이다. 오늘 한겨레는 지면에 사적 영역의 나눔 요구는 많이 담는데 공적 영역의 분배 요구는 잘 담지 않고, 사람은 보이는데 민중은 잘 보이지 않는다는 비판을 받아 마땅하다. 이 또한 그와 같은 한계를 지닌 시민사회의 반영이다.

우리 사회의 일부 노동자들이 갖고 있는 노동자의식은 '단결' '투쟁' 조끼를 입고 '철의 노동자', '임을 위한 행진곡'을 함께 부를 때나 확인된다. 대부분의 노동자들은 노동자의식보다는 반노동자의식을 갖고 있으며, 그나마 일부 노동자들이 갖고 있다는 노동자의식도 '의식적인' 노동자의식에 지나지 않는다. 일상으로 돌아서면 집에서나 식당에서나 미장원에서나 일터에서나 반노동자적인 '조중동'을 읽는 데 주저하지 않는다. 노동자의식은 특별한 계기에서나 발동될 뿐이고 일상은 반노동자적인 삶이 지배한다.

10년 전 아직 프랑스에 머물 때 민주노총 활동가와 프랑스의 SUD(연대 단결 민주)노조 활동가와 만났을 때의 일이다. 민주노총 활동가가 삼성의 무노조 원칙이 관철되고 있다는 얘기를 하면서 한국 노동운동의 어려움을 피력했을 때 SUD 노조의 여성 활동가는 대뜸 이렇게 물었다. "민주노총 조합원들이 삼성 제품을 구매하나요?" 나는 민주노총 활동가처럼 아무 대답을 할 수 없었다. 강성이라는 민주노총의 조합원들도 일상을 지배하는 정체성은 노동자가 아니라 소시민이며, 소비자, 고객으로서 자본가 편이다. 이랜드 노조의 불매운동이 이랜드 자본에 효과적인 압박을 행사하지 못했던 것도 그 때문이다.

오늘 한겨레는 지면에 사회부문과 경제부문이 균형을 이루지 못하고 있다는 비판, 노동계를 비롯한 시민사회 동력들의 움직임은 잘 보이지 않고, 기업, 기업가, 부동산, 상품, 광고, 협찬이 넘쳐난다는 비판을 받아 마땅하다. 그 또한 한겨레에 광고를 끊은 삼성재벌의 제품을 한겨레 독자들조차도 아무런 문제의식 없이 구매하는 사회, 구성원 대부분이 '기업하기 좋은 나라'의 고객에 머물고 있는 사회의 반영이다.

마르크스는 "자유 언론의 일차적 조건은 산업이 아니어야 한다는 데 있다"고 했다. 자본주의 사회에서 신문이 미디어산업의 하나로 머물 때, 누가 소유하고 있나에 따라 신문의 지향이 규정된다는 것은 당연한 귀결이다. 68년 혁명의 열정이 아직 살아 있던 때 민중 주체 신문인 〈해방*LIBERATION*〉지를 탄생시키는 데 산파역을 했던 장 폴 사르트르는, "자유언론은 생존 수단이 존재 이유를 훼손하면 불가능하다"고 했다. 30여 년이 지난 오늘 〈해방〉지는 로스차일드가의 소유가 되었다. 체 게바라가 상업주의의 아이콘이 되었듯이 〈해방〉이 재벌 가문에 포획된 것이다. 한겨레가 자본의 논리가 지배하는 시장 한복판에서 살아남기 위해 요구되는 긴장의 크기를 가늠케 한다. 한겨레 구성원들이 다른 언론계 종사자들에 비해 절반도 안 되는 박봉을 감내하는 것은, 그것이 자유의 조건이기 때문이다.

　여러 해 전 만났던 〈르몽드〉의 한 기자는 르몽드 사의 총 운영비 중 독자들이 내는 구독료가 45퍼센트를 차지하고 광고수입이 55퍼센트를 차지한다면서 구독료 대 광고료 수입의 비율이 50대 50이 되도록 하는 게 르몽드의 당면 목표라고 밝혔다. 그가 말한 50대 50은 자본주의 사회에서 종합일간지의 독자가 갖는, 시민과 소비자 사이의 균형을 말하려는 듯했다. 광고가 없는 진보적 주간지는 독자의 시민적 참여로만 운영되기 때문에 그 독자는 소비자가 아닌 시민의 성격을 갖고 있다고 말할 수 있다. 〈르몽드〉 한 부 값은 2천원 정도로 우리의 세 배를 넘는데 지면 수는 한겨레와 비슷하다. 기사 분량은 훨씬 많다. 글자체가 작기도 하고 총 지면에서 광고가 차지하는 비율이 15퍼센트를 넘지 않기 때문이다. 한겨레는 만성적인 경영의 어려움을 벗어나려는 특단 조치의 하나로 신문대금을 대폭 인상하는 안을 놓고 심각하게 고민한 적이 있다. 시민으로서의 독자를 기대한 것이다. 그러나 지국 유지의 어려움 등 쉽지 않은 난관에 막혀 유보했다.

공식 통계를 보면 한국의 신문사들의 총운영비 중 구독료 대 광고료 수입의 비율이 20대 80이다. 이 수치가 공식 통계라는 점을 감안하고, 각 신문사들이 부수를 늘리려고 판촉 경쟁을 벌이면서 들이는 비용을 계산한다면, 실제 비율은 10대 90 또는 0대 100이 진실에 가깝다. 다시 말해, 한국의 신문사들은 신문을 제작하여 광고 장사를 한다기보다 광고 장사를 하려고 신문을 제작하고 있다는 말이 더 정확하며, 신문 독자들은 시민이라기보다 소비자의 처지에 머물러 있다고 말할 수 있다. 신문 독자들이 소비자에 머물러 신문이 광고에 의존할 때 공기(公器)로서 공공성을 담보하기 어렵다. 그것은 광고료에 의존해야 하는 방송이 광고주의 잣대인 시청률 앞에서 공공성을 저당 잡혀야 하는 것과 같다. 방송 수신료 인상에 대해서 무조건 반대할 것인지에 대해서 성찰이 필요한 것도 그 때문이다. 다른 나라에 견줘 우리나라의 수신료는 무척 낮다. 공영방송이 제구실을 하고 있는지 따져 물어야겠지만, 시민이 아닌 소비자로서의 시청자에선 벗어나야 한다. 소비자가 소비하기 위해 지불한다면, 시민은 비판하고 참여하기 위해 지불해야 한다.

전체적으로 신문 독자가 줄고 있다. 자전거 등 경품이나 백화점 상품권에 이끌려 신문을 구독하는 사람이 많은 '조중동'에 비해 한겨레 독자는 턱없이 적다. 그런데 그 적은 독자들이 무척 까다롭다. '조중동'이나 경제지는 좀 더 나은 생활을 위한 정보를 얻기 위해 택한다면, 한겨레는 각종 현안에 관해 독자의 기존 생각을 한겨레를 통하여 확인하는 즐거움을 얻기 위해 택한다. 그렇지 않다면 백화점 상품권과 최소 6개월 무료 혜택을 주는, 거기다 각종 지역 정보가 담긴 전단지가 듬뿍 끼어오는 '조중동'이나 경제지를 마다하고 한겨레를 택할 리가 없다. 한겨레로선 눈물겹도록 고마운 선택이지만 바로 여기에도 한겨레의 어려움이 있다. 한겨레 논조가 모든 지면에서 모든 독자를 만족시킬 수 없기 때문이다. 어쩌다 독자의 생각과 다른 논조와 부닥치면 바로 '끊겠다'는 반응이 나온다. 그동안 '봐주었다'고 덧붙이면서.

한겨레에 대한 쓴소리가 넘친다. 내부 구성원인 나도 시민편집인으로서 쓴소리를 많이 했다. 어떤 이는 생산원가 1만 8천원을 훨씬 못 미치는 월정 구독료도 주저하며 장렬한 최후를 맞으라고 말하기도 한다. 하지만 그렇게 쓴소리를 하는 사람들 중에 왜곡된 신문시장 구조에 대해, 발행부수가 늘어나도 경영상 도움을 주는 대신 거꾸로 그만큼 손해를 볼 뿐이고, 발행부수는 광고 유치를 위한 조건으로 의미를 갖는 구조에 대해 인식하는 사람은 많지 않다. 또 한국의 산업 구조로 볼 때, 신문사 경영비용을 거의 광고에 의존한다는 것이 곧 재벌기업 광고에 크게 의존해야 하는 구조적 문제점을 안고 있다는 사실에 대해 파악하고 있는 사람은 많지 않다.

오늘 한겨레는 부족하고 앞으로도 부족할 것이다. 쓴소리는 언제나 필요하지만, 올바른 지지는 본디 비판적 지지라는 점을 인식할 필요가 있다. 상식을 뛰어넘는 선명성을 주장할 수 있지만, 그 선명성으로 이 땅의 몰상식한 언론환경을 바꾸려고 구체적으로 무엇을 하는지 스스로 물어야 마땅하다. 강자를 대변하는 논리는 약자들에 의해 수용되고 힘을 얻는다. 우리 안에 저들의 논리와 힘이 있는데, 이 헤게모니를 무너뜨리기 위해 턱없이 부족한 한겨레나 〈경향〉에 이따금 쓴소리를 던지는 것 말고 우리는 무엇을 하고 있나? 거의 아무 일도 하지 않을 때 '조중동'은 계속 주류로 남고 회색의 사회는 계속될 것이다.

달걀

옆으로 하나의 직선을 긋자. 그리고 이 횡선을 인간의 존엄성을 지킬 수 있는 삶의 조건이라고 부르자. 횡선의 위쪽에 있으면 인간의 존엄성을 지킬 수 있고, 횡선 아래쪽으로 떨어지면 인간의 존엄성을 지키기 어려운 사회경제적 조건에 처한 것이라고 하자. 오늘 지구상에 존재하는 나라들 중에서 스웨덴이나 노르웨이 등 북유럽 나라들은 거의 모든 사회구성원들이 횡선 위쪽에 자리 잡고 있다. 그들 나라의 사회구성원들이 처한 삶의 조건을 분포도로 그린다면 선 위에 자연스럽게 누운 달걀 형태가 될 것이다. 인간의 존엄성을 지키기 어려운 사람이 있을까 말까 하고 중산층은 두터우며 고소득을 가리키는 높이는 상대적으로 낮은 모양이다. 이와 달리, 한국사회는 아래 부분이 깨지고 종으로 서 있는 콜럼버스의 달걀 모습이다.

콜럼버스가 달걀을 세울 수 있다며 탁자 위에 달걀을 깨뜨려 세운 일화를 두고 어떤 사람들은 '발상의 전환'이라고 추켜세워 말하기도 했다. 그것은 다만 자연의 섭리에 맞선 인위적인 폭력이었다. 그 폭력적인 발상과 행위, 그것으로 피식민지 사람들에 대한 착취와 억압이 시작되었고, 피식민지인들은 억울한 죽음을 당하거나 공포와 불안 속에서 인간의 존엄성을 상실한 채 굴종의 삶을 살아야 했다. 그 폭력은 최근 국방부가 발표한 불온도서 저자 중의 한 사람인 노암 촘스키가 지적한 대로 5세기를 넘도록 지속되었고 지금도 끝나지 않고 진행 중이다.

우리 사회는 그런 '콜럼버스의 달걀' 모양을 하고 있다. 달걀의 아래 부분, 곧 횡선 밑의 깨져 떨어져 나간 부분에 속한 사람들은 인간의 존엄성을 박탈당한 채 고통과 불행 속에서 하루하루를 살아간다. 오늘도 비정규직 노동자들이, 노숙인들이, 장애인들이, 무의탁 독거노인들이, 이주노동자들이, 성 소수자들이, 이 땅에 시집온 동남아 여성들이, 가난한 한부모나 조부모와 사는 아이들이 인간의 존엄성과 동떨어진 삶을 살아가고 있다.

우리네 달걀과 달리 자연스럽게 옆으로 누운 달걀 모양의 사회에서 구성원들은 자아실현의 꿈과 열망을 가질 수 있다. 자신을 사회 안에 던져 사회를 조금이라도 낫게 변화시키는 데 기여하면서 삶의 의미와 보람을 느끼는 것을 자아실현이라고 할 때, 그 가능성이 우리

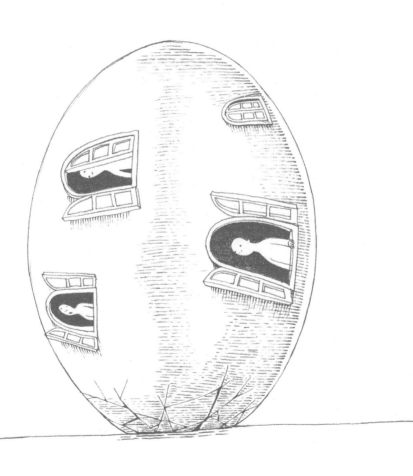

보다 훨씬 넓게 열려 있다. 그들도 자본주의 사회에 살기 때문에 물질적 부와 소유에 대한 관심에서 벗어날 수 없지만 그럼에도 존재에 관한 관심으로 균형을 이뤄 전인적 인간의 가능성이 살아 있다. 경쟁이 있어도 우리처럼 치열하지 않다. 사회구성원들 사이에 연대의식이 자리 잡혀 있고 학교에서 학생들 사이에 협동교육이 이뤄진다. 아무리 추락하더라도 그 이하로 떨어지지 않는 하한선을 함께 약속한 사회이기 때문이다. 이를 두고 '민중의 생존권'이 보장되었다고 말하기도 하고 사회안전망이 튼튼하다고 말하기도 한다.

프랑스에서 가난한 외국인으로 살았던 나는 한국의 서민들의 삶을 보면서 자연스럽게 '프랑스에서는……' 하고 생각하게 된다. 사람은 어차피 자신이 겪은 경험을 토대로 세상을 바라보고 이해하기 때문이다. 80년대 초 전두환의 철권통치가 언제 끝날지 알 수 없었던 때 내 일상은 결핍과 불안의 연속이었다. 어느 날 기어이 엄중한 위기의 순간이 닥쳤다. 수중에 돈이 한 푼도 없었다. 돈을 빌릴 데도 없었다. "왜 우유 안 사?" 철모르던 딸 수현의 말이 지금도 귓가에 생생하다. 그달치 사글세도 못 내고 있었다. 어린 아이들과 함께 길거리에 나앉는 모습이 자꾸만 어른거렸다.

그런데 계좌에 1만3천 여 프랑이 들어와 있었다. 그 돈은 여섯 달치 월세에 해당하는 금액으로 당시 우리 가족의 처지에서는 큰돈이었다. '주거수당' 14개월분이 한꺼번에 입금된 것이다. 오래전에 신청했는데 프랑스의 행정 처리가 느린 데다 첫 신청이었으므로 소득 심사기간이 길어진 탓이었다. 실상 나는 거의 포기하고 있었다. 정부로부터 그런 혜택을 받아본 경험이 없어서 설령 그런 제도가 있다고 해도 실제로 받을 수 있으리라고는 생각하지 못했다. 프랑스에서 병역 의무를 마친 것도 아니고 직접세를 내본 적도 없다. 프랑스에 준 것은 아무것도 없는 사람이 수당을 챙기겠다고 신청서를 내밀려니 계면쩍기도 했다.

나중에 프랑스 사회구성원에게 인간의 존엄성에 맞는 주거공간을 적어도 9평방미터(약 3평) 제공해야 한다는 조항에 관해 알게 되었다. 특히 미성년자들에게는 예외 없이 지켜져야 하는 조항이었다. 이 조항은 "주민이 1만 명 이상인 지자체는 전체 주택의 20퍼센트를 저임대료주택(HLM)으로 지어야 한다"는 조항과 함께 프랑스 주택정책의 골간이었다. 프랑스에서 자기 집을 갖고 있는 사람은 55퍼센트 정도로 한국과 비슷하다. 우리와 달리 전세제도가 없어서 자기 집이 없는 사람들은 사글세를 사는데 그 중 절반 가까운 사람들이 저임대료 공공주택에 살고 나머지는 시장에 나온 셋집을 구해야 한다. 그들 중 소득이 적은 사람에게 주는 혜택이 주거수당이다. 이 주거수당 덕에 나는 위기를 모면할 수 있었다.

그 뒤에도 매달 계좌에는 사글세의 40퍼센트에 해당하는 1천 프랑 가까운 돈이 들어왔다. 주거수당 이외에 가족수당으로 600프랑 정도가 매달 입금되었고 매년 신학기인 9월이 되면 두 아이의 학용품 비조로 소정의 금액이 입금되었다. 교육비는 없고, 의료비도 서민일수록 본인부담이 거의 없다. 공공임대주택과 주거수당제도로 주거 마련에 있어서도 서민의 부담을 덜어준다. 북유럽 나라들에 비해 뒤떨어진다는 프랑스사회에서 서민들이 누리는 혜택이다. 우리의 어머니 노동자들이 하루 종일 서서 일해 버는 80여만 원 중 적지 않은 돈을 자식 교육비로 충당할 때, 그들은 의자에 앉아서 일해 버는 돈을 교육비로 쓰지 않는다. 그들은 '오늘의 나'를 위해 비교적 충실한 삶을 살아갈 수 있다. 불안한 미래 때문에 오늘을 끊임없이 저당 잡히며 살아야 하는 우리들에 비해.

사람은 생각하는 동물이다. 그래서 미래를 내다본다. 미래는 아직 오지 않았고 아직 오지 않은 미래는 불확실하기 때문에 인간을 불안하게 만든다. 그래서 불확실한 미래를 확실하게 도모하겠다며 오늘을 끊임없이 저당 잡히는 일이 벌어진다. 우리 사회의 청소년 학생들을 보자. 초중고의 전 학년, 12년이라는 긴 세월을 온통 불확실한 미래 때문에 '오늘을 저당 잡힌 삶'을 살고 있다. 수단과 방법을 가리지 않고, 어떤 대가를 치르더라도 상위권 대학에 들어가야 한다는 강박에 쫓겨 그 긴 세월, 꿈과 열망을 키워나가야 할 황금 같은 시간들을 온통 좁은 공간에 갇혀 문제 풀고 영어 단어 외우는 데 바치고 있다.

그렇게 12년을 보낸 뒤 대학에 입학하지만 또다시 저당 잡힌 시간을 보내야 한다. 대학 4년은 5년, 6년이 되기도 하는데, 취업을 위한 준비기간에 지나지 않는다. 불확실한 미래 때문에 오늘을 끊임없이 저당 잡힌 삶은 어렵사리 취업한 뒤에도 이어진다. 구조조정의 칼날이 기다리기 때문이다. 거의 모든 구성원들이 불안한 미래 때문에 모든 오늘을 저당 잡혀야 하는 사회, 미래의 불확실성이 오늘의 불성실성을 모든 구성원들에게 강요하거나 합리화하도록 작용하는 사회. 이런 사회의 구성원들에게 아름다운 삶은 애당초 거리가 멀다.

"당신에게 가장 소중한 시간은 언제인가?"

"바로 지금 이 순간이다."

톨스토이의 문답을 끌어온다면 우리 사회구성원들은 가장 소중한 시간을 아직 오지 않은 미래 때문에 계속 저당 잡히고 있는 셈이다. 당연히 오늘의 삶, 오늘의 나에게 성실할 수 없다.

"당신에게 가장 소중한 사람은 누구인가?"

"바로 옆에 있는 사람이다."

톨스토이의 또 다른 문답을 끌어와 보면, 오늘의 나에게 성실하지 못한 삶을 살아가는데 나와 함께 살아가는 가족이나 이웃에게 성실한 사람이 되기 어려운 것은 당연한 귀결이다.

칸트는 "사람은 목적이지 수단이 아니다"라고 했다. 사람은 위하는 존재이지 이용하는 존재가 아니라는 것이다. 하지만 우리에게 이웃은 서로 위하는 존재가 아니라 서로 경쟁하고 이용하는 존재로 전락한 지 오래다. 심지어 형제자매 사이도 일단 결혼한 뒤에는 비교하고 경쟁하는 관계가 더 강하게 작용한다. 불확실한 미래 때문에 끊임없이 남과 경쟁하며 오늘을 저당 잡히는 삶, 오늘의 나에게 성실할 수 없으니 내 이웃에게도 성실할 수 없는 삶……. 이것이 '콜럼버스의 달걀' 모양의 한국사회에서 구성원들이 사는 모습이다. 우리들은 미래에 대한 불안 속에서 생존 자체가 목표인 삶을 산다. 나라는 인간존재에 관한 관심이나 자아실현의 꿈은 사치고, 오로지 물질에 관한 관심과 소유욕에 머문다. 모든 사회구성원이 달걀의 깨진 부분으로 떨어져 나가지 않으려고 배타적으로 경쟁하기 때문이다. '콜럼버스의 달걀'에서 깨진 부분이 전체에 비해 크지 않더라도 그 부분이 있고 없고의 차이가 사회 전체에 미치는 영향은 막중하다.

우리가 어느 사회를 지향해야 하는지는 분명하다. 이상을 품을 줄 아는 인간이라면 누구나 아랫부분을 깨고 종으로 세운 달걀을 자연스럽게 횡으로 눕히는 길을 모색할 것이다. 종으로 선 달걀을 횡으로 눕히려고 일격을 가하는 것을 일컬어 사람들은 '변혁' 또는 '혁명'이라고 말한다. 혁명을 원하지 않더라도 '종으로 선' 달걀의 위아래를 눌러 점차 '횡으로 누운' 형태의 달걀이 되도록 정치가 이루어져야 한다. 정치가 고귀한 까닭이 여기 있다.

　이명박 정권과 한나라당, '조중동'은 정반대의 길을 가고 있다. 미국발 금융 위기가 전 세계 실물 경제에까지 영향을 미쳐 1929년 대공황 이후 최대 위기라고 부르는 때에 종합부동산세나 소득세, 법인세를 경감하는 정책을 쓴다. 위아래의 양쪽을 누르는 게 아니라 양 옆을 누른다. 중산층은 점차 줄어들고 횡선 아래쪽으로 추락하는 구성원은 늘어나는 반면에 '강부자'들의 소득은 더 올라간다. '콜럼버스의 달걀' 형태에서 '8'자형이나 '눈사람' 형태의 사회, 또는 '아령' 형태의 사회가 된다. 특목고, 자립형 사립고 등으로 고교 평준화를 해체하는 것에서 멈추지 않고 국제중까지 만들고 외국인학교에 내국인 입학을 대폭 허용한다. 부유층들이 자기들의 리그 안에서 대물림 지배구조를 탄탄히 할 때, 점차 줄어드는 중산층과 그 이하의 계층에서는 피나는 생존 싸움이 벌어진다. 존재미학과 자아실현의 주체로서의 인간은 사라질 수밖에 없다.

나눔과 분배

사회양극화가 화두가 된 지 오래다. 최근 통계를 봐도 하위 20퍼센트의 소득에 대한 상위 20퍼센트의 소득 배율이 7.46에 이르는 등 갈수록 양극화가 심해지고 있다. 부동산 소유 분포와 금융자산은 소득보다 훨씬 더 심각한 양극화 현상을 보인다. 지식인들은 물론이고 보수적인 정치인, 경제인들도 사회양극화 해소가 우리나라의 당면과제라고 말한다. 말은 그렇게 하지만 실제 행동은 거꾸로 한다는 게 문제다. 사회양극화를 걱정한다는 대부분의 목소리들이 사기에 가까운 정치적 수사에 머물 뿐이다.

사회양극화를 해소하겠다는 말에 진정성이 담겨 있다면 당연히 국민부담률을 얼마나 늘릴 것인가를 놓고 본격적으로 토론을 벌여야 마땅하다. 자본주의 사회에서 제로섬 게임이 관철될 수밖에 없다면,

양극화 극복에는 두 개의 방안 외에는 별 게 없다. 곧 '나눔'과 '분배'이다. 이명박 정권, 한나라당과 조중동은 앵무새처럼 '성장'을 말하지만 이미 '고용 없는 성장'인데다 최근 미국발 금융위기가 실물경제로 번지면서 앞으로 한국의 경제성장률은 잘해야 3퍼센트대에 머물 것이며 심지어는 마이너스 성장도 점쳐지고 있다. 플러스 성장분을 사회구성원 모두에게 골고루 나누어준다고 해도 사회양극화를 해소할 수 없다. 사회양극화를 해소하려면 큰 폭의 나눔과 분배가 이뤄져야 한다는 것은 삼척동자도 안다.

해마다 각 신문과 방송은 경쟁하듯 '나눔' 캠페인을 벌인다. '나눔', 좋은 말이다. 캠페인이 겨냥하는 것은 사회구성원의 온정, 선행, 시혜다. 좋은 일이지만, 문제는 그 이전에 이루어져야 할 사회연대의 제도화가 빠져 있다는 점이다. 우리 사회는 '분배'를 제도화하는 것에 대해서는 생각지 않은 채, 시혜, 온정, 선행의 '나눔'에만 호소하려고 한다.

나눔은 우리말이고 분배는 한자말이라는 차이가 있지만, 두 말은 분명 같은 말이다. 그러나 한국사회에서는 전혀 다른 뜻으로 쓰인다. 나눔이 독차지의 반대말의 뉘앙스를 갖고 있다면, 분배는 성장과 대칭되는 말이기 때문이다. '조중동'처럼 양극화된 사회에서 가진 자들의 이익을 대변하는 세력들도 '나눔 캠페인'을 벌일 정도로 나눔에는 무척 관대하지만 분배에는 쌍심지를 돋우며 반대로 일관한다. 그 이유는 간단하다. 나눔이 사적 영역이고, 시혜, 온정, 베풂의 의미를 가졌다면, 분배는 성장의 반대로 공적 영역이고 제도에 의한 강제성을 갖기 때문이다. 결국 그들이 나눔을 강조하는 것은 나눔으로 분배의 요구를 무력화하려는 데 있다. 가진 자들의 시혜나 온정이나 바랄 것이지 '불온한' 생각은 갖지 말라는 것이다.

'나눔' 캠페인은 한국사회에서 찾기 어려운 노블레스 오블리주와도 연관된다. 아무리 나눔을 강조하지만 분배가 제도화되어 있지 않은 사회에서 나눔을 요구하는 것은 노블레스 오블리주가 없는 사회에서 노블레스 오블리주를 요구하는 것과 같다. '노블레스 오블리주'란 본디 '귀족이 스스로 의무를 진다'는 뜻인데, 역사는 귀족이 스스로 의무를 졌다고 말하지 않는다. 귀족은 스스로 의무를 지지 않았다. 스스로 의무를 지지 않으면 지배를 할 수 없기 때문에 지배하기 위해 의무를 져왔을 뿐이다. 그게 역사의 진실이다. 따라서 귀족이나 사회상층이 스스로 의무를 얼마만큼 지느냐는 국민의 비판과 견제 능력과 정확히 일치한다. 지역에서 깃발만 꽂으면 당선되는데 노블레스 오블리주가 가당키나 한가. 이처럼 노블레스 오블리주는 귀족이나 사회상층의 손에 달려 있는 게 아니라 민중의 비판적 안목과 견제 능력에 따라 규정되는 것이다. 우리처럼 사회환원 의식을 기대할 수 없는데다가 국민이 제도교육을 통해 비판의식을 기르지 못한 곳에서는 노블레스 오블리주를 기대할 수 없다. 이런 사회에서

'나눔' 캠페인을 벌이는 것은 제도에 없는 사회적 연대에 알리바이를 제공하는 것에 지나지 않는다.

우리가 가야 할 길은 큰 폭의 분배를 제도화한 뒤 나눔으로 보완하는 것이다. 사회양극화를 극복하려면 더욱 분배의 제도화를 우선해야 한다. 그런데 바로 이 지점에서 벽에 부딪힌다. 조세를 늘려야 한다는 요구에 세금을 더 내야 하는 가진 자들이 저항하는 것은 당연하다. 그렇다면 세금을 낼 게 별로 없는 저소득층이 증세를 주장해야 하는데 그렇지도 않다. 가진 자든 그렇지 않은 자든 모두 조세에 대해서는 부정적인 인식이 강하게 자리 잡고 있다. 왜 그럴까?

먼저 정부의 예산 낭비에 대한 국민의 부정적 인식을 들 수 있다. 별로 하는 일 없는 지자체 의원 한 사람이 연간 6천만 원씩 세금을 축내고, 주한미군 방위비 분담금에 기지 이전 비용으로 수조원의 세금을 쏟아 붓고, 유인촌 문화체육관광부 장관이 스포츠토토 기금을 제멋대로 쓰고, 경영을 잘못한 건설사에 나랏돈을 퍼주는 것을 보면서 기분 좋게 세금을 낼 국민은 없다. 둘째는 조세 형평성에 대한 신뢰가 없다는 점이다. 유리 지갑을 열어 빈틈없이 세금을 내는 봉급생활자들은 의사, 변호사 등 고소득 자영업자들이 탈세하고, 강부자들이 세금을 체납한다는 소식에 스스로 바보 같다는 생각이 드는 것은 당연한 일이다.

그런데 누구나 알고 있는 이런 점들보다 더 중요한 게 있다. 세금을 낸 나에게 돌아오는 게 없다는 점이다. 나에게 돌아오는 게 없으니 단 한푼인들 더 내고 싶지 않은 것이다. 이명박 정부의 감세정책에 대해 70퍼센트를 넘는 국민이 부자들을 위한 정책이라고 말했는데 그럼에도 50퍼센트 이상이 감세정책에 동의하는 것으로 나타났다. 감세정책으로 부자들은 수백만 원씩 소득세를 덜 내는데 비해 고작 5만원을 덜 내지만 그래도 덜 내기 때문에 동의한다. 내가 얼마를 내든 나에게 돌아오는 것은 어차피 없다고 보기 때문이다.

바로 이 점이 유럽 사회와 다르다. 사회공공성과 시민복지가 실현되는 유럽 사회의 서민들은 경험을 통해 '서민인 내가 100유로를 더 낼 때 고소득층은 천 유로, 만 유로를 더 낼 것이며 그 재원의 일부가 나에게 돌아오므로 나에게 이익이 된다'는 점을 알고 있다. 한국의 서민층은 사회공공성과 사회안전망 혜택의 경험이 별로 없기 때문에 조세는 그저 빼앗기는 것으로 인식한다. 조세에 있어서 서민층이나 부유층이 한 편에 서게 되는 배경이고, 한국의 기득권층이 사회공공성 실현과 사회안전망 확충에 반대하는 또 하나의 이유다.

유럽의 애국주의에는 자발성이 있다. 애국주의는 본디 공화국의 기본 가치인 사회 공공성과 연대의 실현에 따라 구성원들이 국가와 사회로부터 '위함'을 받는 데서 자발적으로 생기는 것이어야 한다. 하지만 우리의 애국주의는 자발성을 기대할 수 없다. 국가는 나를 지배할 뿐 나를 위해 해주는 게 없다. 그래서 '대-한민국'을 외치게 하고, 애국주의를 주입시키려고 애쓴다. 학교에서는 애국을 강조하고 '국기에 대한 맹세'를 외우게 한다. 후진국일수록 스포츠가 '국위선양'의 도구로 동원되는 것은 이 때문이다.

우리 사회에서 '현실'은 '바꿔나가야 할 현실'보다는 '피할 수 없는 환경'이라는 뜻이 훨씬 강하다. 분배의 제도화를 비롯하여 현실을 바꿔야 한다고 주장하는 사람들은 "현실을 너무 몰라", "너무 순진해", "이상주의자" 등의 말을 듣는다. 현실이 피할 수 없는 상황의 의미만 가질 때, 그래서 각자의 세계관에 반해 현실을 수용해야 할 때, 이는 거의 강자의 뜻을 수용함을 뜻한다. 사람들은 살아가면서 점차 강자에게 관대해진다. 북한보다 미국에 관대하고, 대기업노조보다 재벌에 관대하고, 한겨레나 경향신문보다 조중동에 관대하고, 진보정치세력보다 현실 정치권력에게 관대하다. 그렇게 현실의 벽 앞에서 순응할 수밖에 없는 사회적 약자들은 그 내면에서 반작용을 일으키고 그런 현실을 주로 같은 약자의 탓으로 돌린다. 사회적 약자들은 함께 연대하지 못하고, 현실은 바꾸어야 할 것이 아닌 피할 수 없는 것으로 남는다.

유럽인들은 우리보다 훨씬 개인주의자들이다. 그런데도 그들은 연대의식을 갖고 있다. 무상교육제도나 보편의료제공제도와 같은 사회안전망과 무관하지 않다. 개인주의자라는 점에서 결코 남에게 뒤지지 않는 프랑스인들의 65퍼센트가 이렇게 말한다. "내 소득의 일부를 떼어내 나보다 가난한 사람의 교육비, 의료비, 주택보조비, 연금 등을 부담하는 것은 당연하다"고. 오늘 우리 사회의 부유층, 지배층에게는 기대할 수 없는 연대의식이다. 그렇다면 우리 사회의 부유층과 지배층은 본디 뻔뻔하게 태어났나? 그렇지는 않다. 연대를 하지 않아도, 노블레스 오블리주가 없어도 지배할 수 있으니 계속 뻔뻔할 수 있는 것이다. 국민들에게 사회를 비판적으로 바라볼 줄 아는 눈이 없어 견제력이 작용하지 않기 때문이다.

무상교육

19세기 중반 유럽, 수구반동세력의 수장이었던 오스트리아의 메테르니히는 자유사상, 비판정신의 거처인 대학을 없애려고 했다. 21세기 한국의 대학은 스스로 기업이 되었다. 21세기 메테르니히의 신자유주의 관철이라고 할 수 있는데, 기업이 되었으니 대학은 이제 문닫을 필요가 없다. 문을 닫기는커녕 돈 잘 버는 기업으로 번성하는 중이다. '학문의 전당'이니 '자유정신, 비판정신의 요람'이니 하는 말들이 계면쩍어졌고, '인문학의 위기'는 사치스런 말이 된 지 오래다.

'대학이 산업'이라는 논리 위에서 모든 사회구성원들은 산업의 역군이 될 수밖에 없다. 나는 꿈을 꾼다. 무상교육제도라는 꿈을. 내가 유럽 땅에 건너갔을 때 두 아이는 만 다섯 살과 두 살 반이었다. 다섯 살짜리는 한국에서 유치원을 다니지 않았는데 프랑스에 가서는 바로 유치학교에 들어갔다. 유치원이 아니라 유치학교이다. 만 세 살 유치학교부터 공교육이 시작된다. 그렇게 유치학교, 초중고와 대학 입학자격시험을 거쳐 대학, 대학원까지 다녔고 다니고 있다. 운도 따랐겠지만 가난한 외국인의 자식인 두 아이는, 가난하다는 이유로도, 외국인이라는 이유로도 마음의 상처를 입지 않을 수 있었다. 그런 교육환경도 무상교육제도와 무관하지 않다. 교육현장인 학교에서 돈을 주고받을 일도 없고 돈에 대해 이야기할 일도 없으니 부모가 부자인지 가난한지, 부모가 외국인인지 아닌지도 별로 중요하지 않다.

오늘 한국사회에서는 무상교육제도가 씨알도 먹히지 않음을 잘 안다. 그래서 나는 꿈을 꾼다. 무상교육제도가 얼마나 소중한 제도인지에 대해서. 이 꿈에는 가난을 이유로 공부하고 싶은 사람을 공부할 수 없게 만드는 사회에 대한 분노도 담겨 있는데, 이는 가난 때문에 치료할 수 있는 사람이 치료받지 못하는 사회에 대한 분노와 만난다. 그래서 '무상교육', '무상의료'를 중요한 정책으로 포함하고 있는 진보정당의 당원이기도 하다. 이 제도들이 사회를 얼마나 변화시킬 수 있는지에 대해 절감하고 있기 때문이다.

무상교육제도는 그 자체로 사회적 연대의 구체적 실현이다. 계층간 연대, 즉 횡적 연대의 실현인 동시에, 세대간 연대, 즉 종적 연대의 실현이다. 계층간 연대의 실현이란 소득이 많은 사회구성원이 세금을 더 내 소득이 낮은 집안의 자녀들의 교육자본 형성 비용을 부담해 주는 것을 뜻한다. 그래서 횡적 연대라고 부른다. 그와 동시에 오늘의 경제활동 인구가 낸 세금으로 오늘 자라나는 세대의 교육자본 형성 비용을 부담하기 때문에 세대간 연대이며 종적 연대라고 부를 수 있다. 이와 같은 횡적, 종적 연대의 구체적 실현으로서 무상교육제도는 가난한 서민들에게도 교육받을 기회를 준다는 점에서도 중요하지만 여기에 더해 교육과정에 있는 어린 사회구성원들에게 자연스럽게 연대의식을 갖도록 한다는 점에서 또한 중요하다. 학생들 자신이 사회적 연대의 구체적 실현인 무상교육제도의 수혜자이기 때문에 자연스럽게 연대의식을 가지게 된다. 남과 더불어 살아야 하며 연대의식을 가져야 한다고 말로 주장하는 게 아니라 제도와 사회환경에 의해 자연스럽게 갖게 되는 것이다.

또 하나 중요한 것은 사회환원 의식이다. 사회구성원들의 교육자본 형성 비용을 사회가 부담하기 때문에 사회에 되돌려준다는 생각이 열려 있다. 이를 가리켜 사람들은 '교육자본의 사회화'라고 말한다. 경제자본과 대칭되는 표현인 상징자본은 문화자본과 교육자본으로 이루어진다. 한국의 높은 교육열은 남다른 교육자본을 형성키 위한 경쟁의 치열함을 반영한다. 한국의 학생들은 누구나 '스카이(SKY)' 대학 졸업장이나 그에 버금가는 교육자본을 형성하려고 치열한 경쟁을 벌이고 있다. 그러한 교육자본의 형성 비용을 각 개인이 부담하는 게 아니라 사회가 부담할 때, 그 교육자본은 사회에 되돌려주는 가능성이 열려 있는 것이다.

스페인어를 제2외국어로 선택한 고등학교 2학년생이 있었다. 여름 방학을 맞아 평소 알고 지내던 스페인 수녀를 따라 스페인에 갔다가 갑작스럽게 병이 발견되어 입원하여 수술을 받았다. 입원하면서부터 학생은 몸이 회복되기를 바라는 한편 병원비가 걱정되었다. 그런데 입원한 9일 동안 병원비에 대해 아무도 말하지 않았다. 외국에서 온 학생이기 때문이었을까, 의사와 간호사들이 한결같이 친절하게 대해주었다. 하지만 그 학생은 친절함도 달갑지 않았다. 행여 그 친절함이 병원비가 비싸서일지 모른다고 생각했기 때문이다. '병원비 보내달라고 집에 연락했나?' 걱정하던 학생은 퇴원할 때 무척 놀랐고, 한편으로는 허탈했다. 병원비가 없었다. 마이클 무어의 영화 〈식코〉를 몸으로 직접 체험한 셈이었다. 치료비를 받지 않으면서 친절한 병원과 치료비를 받으면서 별로 친절하지 않은 병원. 한국의 의사, 간호사들이 스페인의 의사, 간호사들보다 덜 친절하도록 태어났다고 말할 수는 없다.

무상교육이 실현된 나라의 구성원들이 형성한 교육자본에는 '나의 것'인 동시에 아주 일부분이라도 '사회의 몫'이 들어 있다. 한국에선 그 누구의 교육자본에서도 한국사회의 몫을 기대할 수 없다. 치열한 경쟁을 통해 자격을 획득한 사람은 나고, 공교육비뿐만 아니라 사교육비를 처들였기 때문에 나의 교육자본은 철저하게 내 것이다.

당연히 사회에 환원한다는 생각은 생기지 않는다. 한국의 의사, 교사나 대학교수, 법조인들에게서 '내가 이 자리에 설 수 있게 해준 한국사회가 고맙고 그래서 나의 작은 부분이라도 한국사회에 되돌려준다'는 의식을 기대할 수 있을까? 어림없는 일이다. 오히려 그 반대다. 교육자본을 통하여 사회경제적으로 높은 자리에 오른 엘리트층에게서 특권의식만 발견될 뿐 사회적 책무의식이나 사회환원 의식을 발견하기 어렵다. 누리기만 할 뿐 사회에 되돌려준다는 의식은 없다. 이 글을 읽는 이에겐 지금 갖고 있거나 형성하고 있는 교육자본에 한국사회의 몫이 조금이라도 담겨 있을까?

무상교육과 보편의료체계를 비롯하여 사회안전망을 구축하려면 정부 재정이 필요하다. 경쟁에서 이긴 자가 독차지하는 승자독식체제를 없애 구성원 간 소득 편차를 줄이는 일도 중요한데 여기서는 재분배에 대해서만 말하기로 하자. 스웨덴 같은 나라도 조세 이전의 소득을 살펴보면 우리 사회와 비슷하게 소득 편차가 꽤 높다. 그렇지만 세금과 사회보장 분담금을 낸 뒤에는 편차가 많이 줄어든다. 우리 사회와 크게 다른 점이다. 소득이 많은 부자일수록 세금과 사회보장분담금으로 국가와 사회에 내놓는 돈이 많고, 국가와 사회에 내놓는 게 많지 않은 저소득층이 그 혜택을 함께 누린다.

핀란드의 가장 큰 대기업인 노키아의 부회장이 오토바이를 타고 질주하다가 과속에 걸렸는데 그가 물었던 벌금은 한국 돈으로 1억원이 넘었다고 한다. 벌금까지도 소득에 따라 매긴 것인데 '사회 상층일수록 의무를 잘 지켜야 한다' 는 노블레스 오블리주의 요구도 함께 작용했다고 볼 수 있다. 한국에서는 그런 일은 상상할 수 없지만 그런 일이 일어난다면 '조중동' 은 '부자에 대한 원한이 담긴 벌금' 이라고 했을 것이다. 실제로 그들은 종합부동산세를 '부자 원한세' 라고 부르기도 했다. 조중동은 우리 사회가 지나치게 평등주의를 강조한다고 비판하지만, 핀란드의 평등주의는 우리와 전혀 다른 양상을 보인다. 벌금까지도 소득에 따라 매기니 소득에 대한 세금의 누진 세율이 높다는 것을 충분히 알 수 있을 것이다.

유럽 나라들의 사회안전망이 튼튼한 것은 무엇보다 국민부담률이 높기 때문이다. 한국의 국민부담률은 미국과 비슷한 25퍼센트 수준이다. 북유럽의 스웨덴, 덴마크 등은 50퍼센트에 이르러 우리의 두 배에 가깝고, 프랑스는 45퍼센트 수준이다. 이명박 정부와 한나라당은 '선진화' 를 주장하면서 가장 중요한 선진화는 할 생각이 없다. 국민부담률에서는 정반대로 후진화의 길을 간다. 선진국이란 과연 어떤 나라를 말하는가? 한국은 일인당 국민소득 2만 달러에 이르렀는데 유럽 나라들은 국민소득 6천~7천 달러 수준일 때 이미 대학 교육에 무상교육 또는 준무상 교육을 실시했다. 선진국이 되기 위해 국민소득을 높이는 것도 중요하다. 그러나 그만큼 중요한 게 국민부담률을 높이는 일이다. 헌법재판소는 세대별 합산으로 세금을 매기는 것이 위헌이라고 판결하여 종부세를 무력화시켰다. 민주공화국의 헌법 정신을 적용했다기보다 헌법재판관 대부분이 종부세를 내기 때문이라는 게 더 정확할지 모른다. 전체 국민 중에서 종부세를 내는 사람은 2퍼센트에 지나지 않지만 헌법재판관은 아홉 명 중 여덟 명이 종부세 해당자다.

국민부담률이란 국민이 부담하는 조세 총액과 사회보장성 분담금(건강보험, 고용보험, 국민연금 등)을 합한 금액이 국내총생산에서 차지하는 비율을 말한다. 스웨덴, 노르웨이나 덴마크 등 북유럽 사회에선 구성원들이 건강·교육·주택·연금 등 공공성과 사회안전망을 위해 전체 소득 중 절반을 사회에 내놓고 있다. 우리는 그들의 절반 수준인데, 김대중 정권 때인가 조선일보가 '남들은 내리는데 우리만 올리나'라는 제목의 사설을 실었다. 남들이 국민부담률 50퍼센트 수준에서 조금 내리는 것과 우리가 25퍼센트 수준에서 조금 올린 것을 두고 쓴 사설이다. 물론 '50'과 '25'라는 숫자는 밝히지 않는다. 양극화로 사회구성원들 사이에 소득 편차가 더욱 심해지고 직접세의 비율이 낮은 우리 현실을 돌아보면, 한국은 분배·재분배 모든 면에서 '가진 자'들의 천국이다. 그럼에도 조중동과 한나라당은 걸핏하면 '세금 폭탄'이라고 말한다.

유럽에서는 선거로 좌파에서 우파로, 또는 우파에서 좌파로 집권당이 바뀌면 국민부담률은 1~2퍼센트 정도 오르거나 내린다. 우파가 집권하면 1퍼센트 정도 내려가고 좌파가 집권하면 1퍼센트 정도 올라간다. 신자유주의의 영향을 받는다고 해도 기껏해야 2~3퍼센트 정도 내려가는 정도에 머문다. 한국의 국민부담률이 사회민주주의 나라의 절반이니 사회복지 비율도 그들 나라의 절반 정도는 되리라고 생각하면 큰 오산이다. 국가는 경찰, 군대, 정보, 국가귀족 등 국민을 통제하고 관리하는 데 들어가는 비용을 먼저 쓴 다음, 남는 예산으로 교육, 복지 등의 비용을 쓴다. 한국의 사회복지비율은 북유럽의 4분의 1에도 미치지 못하고 경제개발협력기구(OECD) 나라들 중에서 꼴찌에 속한다. 국민부담률로 보면 유럽의 우파들은 '좌파의 좌파'라고 할 수 있다. 한국이 유럽 수준의 부담률을 가지려면 '세금 폭탄'이 아니라 '세금 핵폭탄' 한두 개로도 불가능하다. 거꾸로 유럽 사회가 한국 수준이 되려면 신자유주의 핵폭탄이 열 개로도 모자랄 판이다.

한국의 정치·경제·사회·국방·언론·학문 분야의 기득권 세력과 그들의 이해를 충실히 대변하는 '조중동'과 경제지들이 왜 미국을 본보기로 강조하는지 그 이유가 노골적으로 드러난다. 마이클 무어의 〈식코〉가 보여준 후진국 수준으로 낙후된 미국의 의료실태나 허리케인 카트리나로 확연히 드러난 미국사회의 계층간, 인종간 격심한 격차는, 그들의 관심사가 아니다. 한국의 기득권세력이 자신을 미국의 백인 상층과 동일시하는 것은 그들의 자유다. 문제는 공공성이 실종되고 사회안전망이 허술한 한국사회에서 시장만능주의의 광풍 아래 소득불균형이 더욱 심화되면서 '늠름한 민중'의 터전 자체가 불가능해지고 있다는 점이다. 생존의 불안에 허덕이는 서민은 자식에게 "너는 나처럼 살면 안 돼!"라고 한숨처럼 토해낸다. 다수 사회구성원인 서민들이 자신의 삶에 긍지를 갖지 못하고 자식에게 '나처럼 살지 않기를' 바라는 슬픈 현실, 이것이 깨진 채 서 있는 달걀 모양의 사회 모습이다.

지금 여기

내가 생태문제를 고민하는 사회민주주의자로 만족하면서 사회주의를 주장하는 사람과 논쟁을 벌이고 싶지 않은 것은 오늘 한국사회구성원들이 형성한 의식의 지형이 그것을 필요로 하지 않는다고 보기 때문이다. 이유는 두 가지다. 하나는 한국사회구성원들의 정치사회의식과 직접 관련된다. 한국사회구성원들의 절대 다수는 아직 사회주의와 사민주의의 차이를 잘 모르고 관심도 없다. 무관심하거나 모르는데도 무언의 합의를 이루고 있는 게 있다. 사회주의든 사민주의든 모두 '사회악' 이라는 점, 적어도 '한국사회에 맞지 않다' 는 점에 대해서는 무언의 합의를 이루고 있다. 즉, 모르면서 다 알고 있는 듯 반응하는 것이다.

절대 다수의 동의나 참여 없이 사회변화가 가능하다면 모를까,

이러한 한국사회에서 '사민주의 대 사회주의 논쟁'은 별 의미가 없다. 천 번 양보하여 만분의 일이라도 그 가능성이 있다고 해도 그때의 사회변화는 위험하다. 긍정적 의미의 형성보다 더 큰 파괴를 불러올 수 있기 때문이다. 위험하지 않다면, 그것은 오래 가지 않아 기필코 반동을 불러올 것이다. 성숙한 사회는 성숙한 사회구성원의 의식이 전제되지 않으면 유지될 수 없다. 민주주의는 강제에 의해 정착되거나 성숙될 수 없다. 구성원들이 민주적이며 주체적인 시민의식을 형성하지 못한 사회에서 민주주의가 성숙될 수 없는 것은 당연한 귀결이다. 그것은 대한민국 헌법 제1조 제1항에 "대한민국은 민주공화국이다"라고 규정한 지 60년을 넘긴 오늘에도 촛불광장에서 "대한민국은 민주공화국이다. 대한민국의 모든 권력은 국민으로부터 나온다"라고 외쳐야 하는 것으로도 알 수 있다. 우리는 아직 '사회주의 대 사민주의 논쟁'을 할 처지가 못된다.

둘째 이유는 이상사회를 미리 그려놓고 그것을 향해 사회운동을 펼쳐 나가기보다는 오늘 이 사회의 불평등과 고통과 불행을 덜어내는 것에서부터 출발해야 한다고 보기 때문이다. 즉 평화롭고 평등한 사회, 고통과 불행이 없는 해방사회의 모습을 그린 이 그림 저 그림을 놓고 논쟁하고, 그런 사회에 도달할 방안을 놓고 또 논쟁하기보다 지금 이 사회의 불평등과 고통, 그리고 불행을 끊임없이 줄여나가자는 것이다. '지금 여기'를 끊임없이 개선해 나가면서 우리가 바라는

사회를 만들어가자는 것이다.

그러기 위해서는 무엇보다 한나라당과 '조중동'의 영향력을 줄여야 하며, 그만큼 진보정치 세력의 영향력이 커져야 한다. 우리는 공기(公器)의 탈을 쓴 사익추구 집단이며 논조에서 별 차이가 없는 '조중동'이 신문시장의 70퍼센트 이상을 차지하는 놀라운 일에 놀라지 않고, 민주공화국의 지향과 가장 거리가 먼 한나라당이 아무리 낮아도 30퍼센트 이상의 지지율로 정당 중에서 가장 높은 지지를 받는 놀라운 일에 놀라지 않는다. 놀라운 일인데 그것이 우리의 일상을 지배하는 환경이 되었기 때문에 놀라지 못하는 것이다. 그래서 이 놀라운 상황을 바꿔나간다는 어려운 과제를 피하고 다른 특단의 묘안을 찾으려는 게 아닌지 물어야 한다.

그러나 달리 묘안은 없다. 한나라당이 변하지 않은 채 주류 정당으로 남고 조중동이 주류 신문으로 남아 있는 한, 사회주의든 사민주의든 그 언저리에도 다다를 수 없는 것은 분명하다. 그래서 나에겐 '사민주의 대 사회주의 논쟁'보다 "어떻게 하면 한나라당과 '조중동', 뉴라이트의 영향력을 줄일 것인가"와 같은 물음이 훨씬 더 중요하다. 한나라당과 '조중동', 뉴라이트에게 정치사회적 영향력을 누리게 하는 토양이 영남패권주의, 극우반공주의, 기독교 근본주의와 같은 불관용에 있다면 그러한 불관용을 계속 용인하는 것은 서민 대중의 무관심과 무지이다. 불관용에 맞서라는 요구인 톨레랑스가 우리에게 중요한 무기가 되는 것은 그 때문이며, 사회구성원들이 성숙된 의식을 형성할 수 있도록 모색하고 실천하는 게 우리의 궁극적인 과제가 되는 것도 그 때문이다.

서민 대중의 무지와 무관심은 중립이 아니다. 오늘 한국의 젊은이들 사이에 정치에 대한 무관심이 유행처럼 자리 잡고 있다. 정치가 혐오스러우니 정치를 혐오하고 정치에 관심이 없다고 자랑스럽게 말하기도 한다. 이런 태도에는 '백로야, 까마귀한테 가까이 가지 마라'는 식으로, 혐오스러움에 물들지도 않겠다는 뜻도 있을 수 있지만, 이러한 정치 혐오는 실상 혐오스런 정치를 계속 혐오스런 상태로 있게 하는 강력한 정치적 힘이다. 젊은이들이 정치에 관심을 가지고 혐오스러운 정치를 바꾸지 않는다면 누가 바꿀까. 우리가 바라는 사회를 남이 대신 만들어주지 않는다. 젊은이들의 정치 혐오나 탈정치는 이 간단명료한 명제조차 인식하지 못할 만큼 주체적 시민의식이 부족하다는 점을 드러낸 것에 지나지 않는다.

무지와 무관심은 그 자체로 죄가 되는 것은 아니지만 몰상식의 자양분이며 영악한 자들이 뻔뻔하게 군림하는 토양이 된다. 서민 대중은 기득권 세력을 선망하고 가진 자들의 언어에 잘 현혹되고 그들을 지지한다. 뻔뻔한 자들의 기득권 체제는 지속되며 사회 안에서 불평등과 고통, 불행, 폭력은 줄어들지 않는다. 대중의 무지와 무관심에 어떻게 맞설 것인가. 우리에게 이 맞섬은 한 사회가 사회구성원들의 의식의 반영이라고 할 때 끝내 마감할 수 없는 과제가 된다.

　더구나 서민 대중은 무지와 무관심으로 발가벗은 채 광신자들, 극단주의자들, 사익추구집단의 집요함과 열성 앞에 노출되어 있다. 세상에서 가장 열성과 집요함을 보이는 집단은 광신자들과 극단주의자들이다. 18세기에 볼테르는 "광신자들이 열성을 부리는 것도 수치스런 일이지만, 지혜를 가진 사람이 열의를 보이지 않는 것 또한 수치스런 일이다. 신중해야 하지만 소극적이어선 안 된다"라는 말로 근대 시민의 자격 요건을 제시하였다. 광신이나 극단주의 행태는 21세기 한국 땅 곳곳에서 발견된다. 오늘 한국에서 집집마다 초인종을 누르는 열성을 보이는 집단은 두 부류이다. 하나는 함께 교회에 가자는 사람들이며 다른 하나는 '조중동'을 구독하라는 사람들이다. 하지만 우리들은 명절 때 만나는 친척에게 한나라당에 힘을 실어주지 말라고 설득하지 않으며, 식당 주인에게 "이 집 음식 맛은 괜찮은데 몰상식한 신문을 보시네요"라고 한 마디 던지지 않는다. 그들은 내재된 열성에 따라 쉼 없이 대중을 찾아다니며 헤게모니를 구축할 힘을 키우는데 우리는 일상의 만남에서도 대중을 설득하지 않는다.

　광신과 극단주의가 열성과 집요함을 내장하고 있듯이 사익을 추구하는 사람들도 그렇다. 무지와 무관심은 중립이 될 수 없으며, 사회불의보다 사회정의를, 사익보다는 공익을, 몰상식보다는 상식을 원하는 사회구성원이라면 사회 현안들에 적극적으로 참여하고 개입

하지 않으면 안 된다. 사회정의, 공익, 상식을 지향하는 사람들이 의지로 열성과 집요함을 결합시켜야만 열성과 집요함을 내장하고 있는 광신자, 극단주의자, 사익추구 집단과 균형을 이룰 수 있다. 이렇게 하지 못해서 극우반공주의, 영남패권지역주의, 기독교근본주의가 사익추구를 매개로 결합하여 나타난 것이 이명박 정권이며, 한나라당, '조중동', 뉴라이트가 지배하는 한국사회라고 한다면 지나친 말일까?

기득권세력에겐 무기가 또 있다. 권력(權力), 금력(金力)이라는 말은 정권과 돈에는 그 자체에 '힘'이 있다는 사실을 말해준다. 광신과 사익추구에 열성과 집요함이 내장되어 있듯이 정권과 돈에는 그 자체로 힘이 있다. 사회정의, 상식, 공익에는 정의력, 상식력, 공익력이라는 말을 사용하지 않듯 그 자체로 힘이 없다. 대중의 무지와 무관심이 중립일 수 없는 또 하나의 이유이다. "아는 것이 힘이다"라고 말하지만 '아는 것'이 힘을 불러올 수는 있어도 그 자체가 '힘'을 갖고 있는 것은 아니다. 만약에 정의, 상식, 공익과 진실에 힘이 내장되어 있다면 세상은 참으로 아름다울 것이다. 그렇지 못한 게 세상사지만 그렇기 때문에 우리에게 살아갈 의미가 남아 있는지 모른다. 인간역사에 진보가 있었다면 그것은 정의, 상식, 공익, 진실이 힘을 획득해 온 과정이라고 할 수 있는데, 정의, 상식, 공익, 진실을 추구하는 건강한 시민이라면 의지로 서로의 힘을 결집시켜야 하며 힘이 없는 사회적 약자들에게 힘을 실어주어야 마땅하다. 이것을 우리는 '연대' 라고 부른다.

시민사회의 발전 단계는 대중이 무지와 무관심 단계에서 벗어나 얼마나 시민의식이 성숙했는가에 의해 규정된다. 또한 시민사회의 발전 단계는 시민의식이 광신과 극단주의, 사익추구 자체에 내장하고 있는 열성과 집요함에 얼마나 맞서고 있는지, 권력과 돈이 가진 힘을 얼마나 제어할 수 있는지에 달려 있다.

3

긴장의 항체

쓸쓸함

    80년대 초, 전두환 정권 초기의 어느 날이었다. 아내가 점원으로 일하던 파리 오페라 극장 근처에 있는 공원 벤치에 우두커니 앉아 있었다. 나는 왜 여기에 있고 언제 돌아갈 수 있을까? 사람은 전망이 보이지 않을 때 절망한다. 고문이 고문인 까닭은 참을 수 없는 고통도 고통이지만 언제 끝날지 모른다는 점에 있다. 아무리 고통스런 고문이라도 언제 끝날지 미리 안다면 그 고통을 조금은 견뎌낼 수 있을지 모른다.

    지금이야 87년 6월항쟁을 되돌아보면서 민주화 운동에 관한 평가를 내리기도 하지만, 80년대 초엔 아무도 전두환을 우두머리로 한 신군부의 폭압 정권이 언제 끝날지 알 수 없었다. 그 시절에도 대다수 사람들은 아무 일 없다는 듯 잘 살았지만, 리영희 선생이 〈대화〉에서 밝혔듯이 어떤 사람들에겐 자살에 대한 실존적 고민을 요구하던 그런 시절이었다. 동료들과 선후배들이 엄중한 시련을 겪고 좁은 공간에 갇혀 있는 동안, 나는 어쨌거나 몸은 자유로웠다. 날카로운 고통의 시간은 아니었다. 다만 언제 돌아갈 수 있을지 전망이 보이지 않던 세월 속 가난한 이방인에게 담배는 가장 가까운 벗이었다.

공원 벤치에 앉아 속절없이 담배를 피워 물었는데, 스치듯 지나가는 어느 여인의 바바리코트 뒷모습에 울컥 하면서 갑자기 눈시울이 뜨거워졌다. 금방이라도 눈물이 마구 흘러내릴 것 같아 도리질치며 그 자리를 박차고 일어났다. 그 여인의 얼굴을 본 것도 아니었는데, 그래서 그 여인의 표정을 읽은 것도 아니었는데, 그녀의 바바리코트 자락의 작은 흔들림에 나는 왜 그렇게 흔들린 것일까? 저 깊은 심연으로 마냥 떨어지는 느낌……. 그것은 내 무의식 속에 자리 잡고 있던 죽음의 의지에 맞선 삶의 외침이었을까, 아니면 30대 초에 이미 사회를 잃어버린, 그리고 그 상실이 언제 끝날지 알 수 없었던 이방인이 가져야 했던 슬픔의 깊이 때문이었을까? 지금도 그 의미나 깊이를 가늠할 수 없지만, 그때부터이거나, 아니면 그 전부터일 수도 있는데, 나에게 쓸쓸함은 병이 아니라 삶의 증거가 되었다. 이름 없는 망자들이 말없고 쓸쓸한 모습으로 내 뇌리에 자주 찾아온 것도 그 즈음부터였다. 그렇게 20여 년의 세월을 보낸 뒤 돌아온 땅에서도 나는 분노보다는 슬픔을, 슬픔보다는 쓸쓸함을 느낀다.

사람의 의식은 처지에 따라 변한다고 하지만, 정서는 처지가 바뀌어도 변하지 않는가 보다. 20여 년의 공백을 두고 다시 만난 사람들이 그랬다. 대부분은 의식도 별로 바뀌지 않았지만 과거에 그들에게서 느꼈던 정서나 기질은 조금도 바뀌지 않았다. 20여 년의 세월이 지난 뒤 사람들이 서 있는 자리는 그들이 과거에 주장하던 의식과는 별로 상관이 없었고, 그들에게서 풍기던 정서에 정확히 맞아떨어졌다. 나 또한 그럴 것이다. 분노를 일으키는 언행들이 바로 눈앞에서 펼쳐지는 여기서도 내가 분노보다는 슬픔을, 슬픔보다는 쓸쓸함을 느끼는 것은 처지의 변화 때문이 아니라 내 정서 위에 나이가 작용하는 게 분명하다.

　　나는 쓸쓸한 독거노인을 볼 때보다 어린 학생들이 장래희망으로 'CEO'를 꼽을 때 더 쓸쓸함을 느낀다. 나에게 '너는 왜 그렇게 사냐?'라고 말없이 묻는 동창생의 시선에 '너는 왜 그렇게 사냐?'라고 똑같이 말없이 대꾸하기 전에 먼저 쓸쓸함을 느낀다. 노무현 전 대통령이 한나라당이 주도하는 대연정을 말할 때에도 황당함과 함께 다가온 게 쓸쓸함이었다. 역사의 진보를 일컬어 힘없는 정의가 힘을 얻어가는 과정이라고 했는데 그 길은 답답하고 안타깝고 험난하다. 새로 집권한 이명박 정권과 한나라당, 조중동과 뉴라이트 세력이 '잃어버린 10년'을 말할 때 나에게 다가온 감정도 쓸쓸함이었다. '잃어버린 10년'에는 '10년 전으로 돌아가자'는 주장이 담겼고, 그것은 나에게 '프랑스로 돌아가라'는 말과 같았다. 5월의 태양도 마찬가지였다. 대자연의 축복처럼 햇살이 내리쬘 때에도, 그래서 이 땅에 아직 살아 있음이 기적처럼 느껴질 때에도 근거를 알 수 없는 슬픔과 함께 다가 온 게 쓸쓸함이었다.

20대에 반나치 투쟁에 참여했다고 붙잡혀 수용소에서 죽을 운명 이었으나 구사일생으로 살아남은 프리모 레비는 일흔 살을 앞두고 끝내 자살을 선택했다. 그는 이런 말을 남겼다. "괴물이 없지는 않다. 그렇지만 진정으로 위험한 존재가 되기에는 그 수가 너무 적다. 그보 다 더 위험한 것은 평범한 사람들이다. 의문을 품어보지도 않고 무조 건 믿고 행동하는 기계적인 인간들 말이다."

유럽으로 떠난 이듬해인 1980년 5월, 프랑스 공영 텔레비전은 연일 광주를 톱뉴스로 내보냈다. 우리 하니들은 '해방'과 '대동세상' 의 순간들을 잠깐 맛보았을까, 주먹밥으로도 행복했던 그 순간들은 그러나 너무 짧았다. 곧 '작전'이 있었고 무자비한 진압이 있었다. 파 리 교외의 아파트 이웃에 살던 노바크 씨는 엘리베이터에서 이렇게 물었다. "광주 사람들은 이교도들인가, 소수민족인가?" 세월이 흘렀 지만 그 물음은 아직도 생생히 남아 있다. 광주 항쟁은 '민주화운동' 으로 기념되고 학살 책임자들은 사면되었다. 학살 책임자들이 참회 하지도 않았고 용서를 구하지도 않았는데 용서와 화해가 주장되었 다. 나로선 그게 어떻게 가능한 일인지 알 수 없었고, 힘이 약한 정의가 힘을 키워가며 강한 불의의 힘에 정면으로 맞서기보다 스스로 주저앉으며 그럴듯한 수사를 붙인 것으로밖에는 설명되지 않았다. 그 비겁한 합리화 과정에서 영악하게 정치적, 경제적 이권을 챙긴 사람들이 있을 터였다. 그래서 억압과 불의에 저항한 시민들을 '폭도'라고 부르고 사실을 왜곡하여 보도했던 신문들도 반성하는 모습을 보여주지 않았는데 오늘 광주 사람들까지도 그 신문들을 잘 보고 있고, 합천에는 일해공원이 들어섰다. 나는 시민의 휴식 공간에 버젓이 학살자의 이름을 사용하는 나라에 돌아와 살고 있다.

이렇게 나는 돌아온 땅 곳곳에서 시시때때로 쓸쓸함을 느낀다. 지면이나 텔레비전 화면을 통해 다시 만나는 그때 그 사람들의 기름진 모습에서도 분노보다는 쓸쓸함을 느끼고, 옛 동지의 출세한 모습에서도 옛 동지의 삶에 지친 모습에서도 쓸쓸함을 느낀다. 한겨레신문사로 가는 출근길에 층계참을 오르면서 자주 다가오는 감정도 쓸쓸함이다. 이 쓸쓸함에 차라리 깊이나 층위의 차이라도 있다면 얼마나 좋겠냐마는 그렇지도 못하다. 그저 잔잔할 뿐. 도대체 이 쓸쓸함의 정체는 무엇일까? 그것은 "이성으로 비관하더라도 의지로 낙관하라"는 그람시의 말을 품고 살아도 사라지지 않는, 이 사회에 대한 비관적 전망에서 오는 것일까?

아내는 매년 여름이 다가오면 프랑스로 돌아간다. 거기서 일하는 딸과 공부하는 아들이 남아 있다는 핑계도 있지만, 무엇보다 이 땅이 쓸쓸하기 때문일 것이다. 그곳에선 아직 돈이 사람을 덜 규정하고 사람들을 덜 이간질하며 덜 오염시킨다. 나는 아내의 쓸쓸함을 채워주지 못한다. 내 쓸쓸함이 잔잔한 따뜻함을 품고 있지 못한 탓이다. 아내는 때때로 나에게 프랑스 땅으로 함께 돌아가자고 말한다. 입으로 말하지 않고 눈으로 말한다. 아직 눈물까지 보이진 않지만 눈물 없는 눈망울의 호소가 더 강력하다는 것을 나는 안다. 내가 귀국한 일년 반 뒤에 귀국한 아내는 25년 동안 거기서 살았다. 남의 땅에서 아이들과 함께 살아내려고 열심히 일하며 살았다. 함께 일한 친구들이 남아 있는 곳이 그곳이고, 장모님이 영원히 쉬고 계신 곳도 그곳이다. 여기엔 아내의 동기간도 이젠 남아 있지 않다. 오랫동안 만나지 못한 옛 친구들이 있지만 "친구와 포도주는 오래될수록 좋다"는 프랑스 속담이 한국 땅에선 적용되지 않는 듯하다. 아내는 오히려 그 친구들 사이에서 저급한 구설수에 오르는 황당한 일까지 겪었다. 무척 운이 없다고 해야겠지만 그런 일도 여기니까 생긴다.

두 아이는 한국 땅에 태어났지만 소속감을 느끼는 사회는 한국사회가 아니라 프랑스사회다. 유치학교부터 대학원까지 교육과정을 모두 거기서 보냈기 때문이다. 사람은 생각하는 동물인데, 나는 한국어로 생각하고 추론하고 소통한다. 내가 한국사회구성원인 것은 한국 땅에서 태어났기 때문이 아니라 한국어로 생각하고 추론하고 소통한다는 점에 있음을 내 아이들이 일깨워준다. 아이들은 프랑스 사회구성원으로 정체성이 규정되었다. 집에서는 한국어를 사용하기도 하지만 아이들이 생각하고 추론하고 소통하는 언어는 프랑스어이기 때문이다. 오렌지를 '아륀지'라고 미국사람처럼 발음하더라도 이 간단한 진리에서 벗어날 수 있는 사람은 없다. 아이들은 월드컵 경기 때 "프랑스와 한국이 경기를 하면 어느 편을 응원하겠니?"라는 나의 짓궂은 물음에 "그런 일은 없을 거야"라고 피해 갔다. 만 두 살 반 때 떠난 아들은 다섯 살 때 떠난 누나보다 한국사회의 소속감이 더 부족한데 대학원에서 아리스토텔레스를 공부한다. 그 아이가 공부한 것으로는 '돈이 되지 않는' 한국에 와서 살 가능성은 거의 '영'에 가깝다. 나이 육십에 이르러 아이들과 멀리 떨어져 살고 싶지 않은 것은 인지상정이다.

프랑스로 돌아가자는 아내의 말 없는 호소는 앞으로 시간이 지날수록 더 강해지리란 것을 나는 안다. 아내는 예컨대 뉴질랜드로 이민 갔다가 일년 만에 "'지겨운 천국'보다는 '즐거운 지옥'이 더 낫다"면서 되돌아온 어느 은퇴한 노부부의 얘기에 동의하지 않는다. 왜냐하면 아내는 거기서 지겹지 않고 여기서 즐겁지 않기 때문이다. 누군가 말했다. 여기서 즐거우려면 일단 돈이 많아야 한다고, 골프, 찜질방, 노래방과 드라마, 외식을 즐길 줄 알아야 한다고. 그 어느 것도 아내에겐 별로 해당되지 않는다. 또 거기보다 여기가 훨씬 역동적이고 그래서 살 재미가 있다고 말한, 여기서 만난 몇몇 프랑스인들의 말에도 동의하지 않는다. 아내는 백인 프랑스인이 아니기 때문이다. 여기 사는 자국민들 대부분은 백인들에겐 받는 것 없이 배려하고 호의를 베풀기도 하지만, 자국민들 사이엔 주는 것 없이 좀처럼 배려나 호의를 베풀지 않는다. 그나마 동남아나 아프리카 출신 이주노동자들을 향한 시선보다는 좀 나을지 모르겠다. 아내가 친절과 배려를 느끼는 곳은 여기가 아니다.

아내가 여기서 즐거울 수 없었던 일 중엔 방을 구할 때의 일도 있다. 귀국한 뒤 처음 2년 동안은 사글세를 살았고 지금은 연립주택에 전세를 살고 있는데, 집을 구하려고 만났던 부동산 중개인들은 눈으로 아내를 위 아래로 훑으며 말 없는 말을 했다. 대충 이런 내용이다. '그 나이에 그런 집을 구한다니……. 그 인생 알 만하다. 그래도 옷은 잘 입은 편이네.'

파리의 크리스티앙 디오르 가게에서 가장 나이 많은 점원으로 일한 아내에겐 한국에서 말하는 명품이 꽤 많다. 거의 크리스티앙 디오르이지만. 아내의 옷차림새가 주었을 법한 기대가 금세 실망으로 바뀌었을 것이다. 물론 그들만의 잘못이 아니다. "당신이 사는 곳이 당신이 누구인지 말해줍니다"라는 광고 문구가 공중파를 통해 거리낌 없이 토해지고 있었다. 그때 아내가 토해낸 한숨에 나는 이렇게 대답했다. "이마에 써 붙이고 다니면 어떨까. 비록 작지만 파리 근교에 아파트가 하나 있다고 말이오."

아내와 내가 그 사회를 고맙게 생각하는 이유 중에는 두 아이가 학교 다닌 동안 외국인이라는 이유로도, 가난하다는 이유로도 마음의 상처를 받지 않았다는 점이 있다. 거기엔 자본주의의 비인격성에 대한 문제제기가 아직 살아남아 있었고, 교육은 아이들에게 경제동물에 머물지 않도록 인문정신을 강조했다. 여기서 자본주의는, 그 미덕은 승자의 몫이며 악덕은 패자의 몫인 당연한 법칙이다. 친절이나 배려도 승자에게만 해당한다. 사람들은 이따금 천박한 자본주의를 말하고 사회의 천박함을 말한다. 마치 천박한 자본주의나 천박함이 자기와 무관하다고 주장하려는 듯. 하지만 그것은 이미 한국사회의 기본 체질이 된 듯하다.

자본주의 생활 방식의 특징은 '제로섬' 게임에 있다. 주고받거나 빼앗고 빼앗기는 물질의 합은 항상 '영'이다. 내가 획득할 때 너는 빼앗겨야 하고, 내가 승리하려면 너는 패배해야만 한다. 자본주의가 필연적으로 인간성을 황폐화하는 것은 이러한 성질 때문일 것이다. 인간성의 발현은 이 제로섬 게임과 정반대의 성질을 갖는다. 사랑이 그렇듯이 하염없이 주고 또 주어도 없어지지 않는다. 인간성의 발현은 베풀수록 스스로 충만해지고 베풀지 않을 때 오히려 그 샘이 마른다. 천박한 자본주의 사회에서 물질을 주고받고 빼앗고 빼앗기는 제로섬 게임에 익숙해진 구성원들은 마침내 인간성의 발현마저 패배하거나 빼앗기는 것인 양 느껴 "곳간에서 인심 난다"고 했던 조상의 말을 정면에서 배반한다.

아내에겐 석 달 만에 다시 돌아온 도시의 가을이 정겹지 않다. 바람에 쓸려 다닐 만큼 낙엽이 많지 않지만, 하늘은 영락없이 차갑게 파랗다. 가을밤이 더욱 깊어가듯 쓸쓸함이 깊어간다. 그래서 아수라의 도시를 종내 외면하지 못한 채 살아보겠다고 아등바등하는 내가 부러울 것이다. '교양이 밥 먹여주니?'라고 대드는 듯한 사회, 정의가 강물처럼 흐르는 대신 몰상식이 막무가내로 관철되며, 이명박 정권 들어서 더욱 분명해지는, 생존하려면 스스로 뻔뻔해지든지 뻔뻔함에 굴종하라고 강요하는 사회, 여기서 계속 살아갈 만한 희망이 보이지 않는다고 아내가 말할 때, 나는 그렇지 않다고 아내를 설득하지 않는다. 그렇다고 아내의 말에 동의하는 것도 아니다. 다만 고개를 주억거린다. 아내는 끝내 여기를 떠나자고 강하게는 호소하지 않을 것이다. 내 대답이 하나뿐이라는 것을 알기에.

"여기건 거기건 살아 있잖소."

자화상

지난 일을 돌아본다는 것, 그것은 사진첩을 들여다보는 것과 같다. 세월이 흐른 뒤에 '빛'과 '소리'를 빼앗긴 '사실(寫實)'을 돌아보는 것이라 자기 자신까지 감상자로 머물게 할 수 있다. 그나마 아직 살아남은 자에게 허용되는 권리다.

사람은 본디 다른 사람을 속일 수 있을지언정 자기 자신을 속일 수는 없는 법이다. 하지만 대부분의 사람들은 자기 자신까지 적당히 속이면서 살아간다. 우리는 특히 사회 규범에서 벗어난 욕망의 포로가 되곤 하는 자신의 벌거벗은 모습을 직시하지 않으려 한다. 사람들의 기억 속에 있는 '사실'조차 왜곡된 경우가 많은 것은 필경 이 때문이다. 그래서 사진을 나열하는 편이 더 정확하고 솔직할 수 있다. 실상 '사실'이 말할 수 있는 것은 그리 많지 않다. 동물을 박제할 때 생명을 잃어버린 결정적인 결함을 대신하기 위해 외형적 모습을 온전히 보존하는 데 심혈을 기울인다. 우리의 과거도 마찬가지일 수 있다. 당시의 역동성을 증명하기 위해 낱낱의 사실들에 더욱 집착하기도 한다. 그러나 '사실'을 아무리 정확히 나열한다고 해도 생명체가 가지고 있던 바로 그 '생명'을 설명할 도리는 없다. 아무리 엄청난 비극이라 해도 소리와 빛을 잃어버리고 '사실' 그 자체만으로 남았을 때, 현실의 냉엄함과 절박함은 추측에 맡겨질 뿐이다. 아쉬우나마 개개인의 인간사를 대하는 진정어린 태도에 맡길 수밖에 없다.

각 개인의 삶은 살아 움직이는 생명체다. 우리를 둘러싸고 있는 것들 중 어느 하나도 간단히 '사실'만으로 설명할 수 있는 것은 없다. 멀든 가깝든, 크든 작든, 서로 유기적인 관련을 맺는다. 과거가 '지나간 현재'라고 할 때, 과거를 대하는 우리의 자세에 진정성이 요구되는 까닭은 그것이 바로 오늘을 대하는 자세와 하나로 만나기 때문이다. 그러나 지금 사람들은 물질의 급속한 팽창과 가치관의 변화와 붕괴로 온갖 허상의 욕망과 이미지들 속에서 부유하고 있다. 물신에 대한 자발적 복종과 비자발적 복종의 혼재 속에서 온갖 자극적인 취향들이 사회적 가치로까지 그 위상을 높이고 있다. 인간은 언제나 지난 세기를 통해 증명된 인간의 우월함과 위대함을 요란히 떠들어대며 새로운 세기를 맞이하곤 했다. 그러나 그 어느 때보다 정글의 법칙이 광범위하고 노골적으로 관철되는 새 세기에 우리는 살고 있다. 약육강식, 승자독식의 논리가 이처럼 위풍당당하게 큰 소리를 내며 굳건히 자리매김을 한 예를 찾아보기란 쉽지 않다. 설익은 개똥철학의 젊은 시절이 오히려 눈물겹도록 그리운 것은 그 때문이다.

지난 시절이라고 하여 모두 다 철학적이었다고 말할 수는 없다. 무슨 대단한 논리가 있었다고도 말할 수 없다. 그러나 물신 지배에 대해서는 인간성의 당연한 본능이라고 할 수 있을 만큼 반사적인 거부 반응이 나름대로 있었다. 누구나 강자일 수 없다는 기초적 이해 이전에 스스로 약자의 편에 서고자 했고 서로에 대한 연민과 공동체의 정서가 아직 남아 있어서 인간의 존엄성과 품위를 지키려 했다.

그러나 자본의 그악스런 속성은 끊임없이 사람과 사람을 이간질하고 끊임없이 자본주의적 심성을 주입하면서 인간정신을 물질에 종속시켰다. 그리고 '나만은' 강자의 대열에 낄 수 있다는 배타적 성공이 부끄러움 없이 자리를 잡아갔다. 효율과 경쟁을 저해한다고 짐작되는 가치들은 눈치꾸러기가 되어 가차 없이 퇴출되었다. 자본의 광기에 홀린 듯 사람들은 허접한 껍데기만으로 행복한 삶을 설계하려는 게임에 전력 질주하고 있다. 그러한 지금, 30여 년이나 거슬러 나의 20대를 되돌아보는 것이 무슨 의미가 있을까? 지금의 20대에게는 자기성찰이나 인간의 존엄성, 내면적 가치의 의미는 고사하고 불의의 시대와 불화할 수밖에 없었던 젊은이들의 패기와 열정을 상기시키는 것조차 버겁고 쑥스러운 마당에.

그러나 지난 시절, 세상의 끝일 것만 같은 광란의 역사를 만든 것도 인간이었지만, 성찰의 자세를 보여준 것도 인간이었다. 어느 때 곤 그들은 소수에 불과했지만 그럼에도 우리가 오늘 이만큼이라도 덜 비인간적인 사회에 살 수 있는 것은 그들 덕분이다. 그들은 항상 소수파였다. 완벽한 승리는 애당초 기대 밖의 일이었고 안타깝고 답답할 정도의 작은 진전들이 있었을 뿐이다. 그들에게 주어진 과제는 '더 인간적인 사회'로 가기 위한 채찍질에 있다기보다 '더 비인간적인 사회'로 가려는 강력한 힘에 안간힘으로 맞서는 데 있었다. 나는 젊은이들이 이 점을 인식하기를 바란다. 단 한 사람이라도 좌절, 절망, 한탄의 과정을 거쳐 비인간적인 사회의 거대한 흐름에 휩쓸리지 말아야 하기 때문이다. 말하자면, '그렇게 많은 사람들이 때로는 희생도 무릅쓰면서 어렵게 싸워왔는데 여기까지밖에 오지 못했나?'라고 말하기보다는 '그래도 그들 덕분에 이나마 올 수 있었다'라고 말해야 한다.

성찰의 자세를 보여준 소수의 그들에게 인간성은 언제나 그 자체로 가능성이고 희망이며 배수진이었다. 그 인간성은 이웃에 대한 상상력을 가장 중요한 버팀목으로 한다. 그것은 화려한 배경을 화면으로 보여주며 "당신이 사는 곳이 당신이 누구인지 말해줍니다"라는 말이 흘러나올 때 그 말에서 '롯데 캐슬'이 아닌 쪽방촌 사람을 떠올릴 수 있는 그런 상상력이다. 남보다 많이 소유함으로써 만족해하려는 인간의 저급한 속성을 겨냥한 그런 광고에 대부분의 사회구성원들은 거부감이나 위화감을 느끼지 않는다. 그런 광고를 일상적으로 보면서 자라나는 청소년들이 어떤 가치관을 가질 것인지에 대한 문제제기조차 찾아볼 수 없을 만큼 이 사회의 물신주의는 강력하며 공격적이다. 소비 능력이 없거나 부족한 사람들은 박탈감을 느끼는 정도가 아니고 아예 사람대접을 받지 못한다.

가난한 사람, 쪽방촌에 사는 사람에게 "당신이 사는 곳이 당신이 누구인지 말해줍니다"라는 말은, 그 자체로 저급한 폭력이며 야만이다. 물질적 소유에 대한 선망에 빠져 인간성이 훼손된 것조차 인식하지 못하게 된 것이다. 무분별하게 부풀려진 경쟁에 대한 위기감과 돼지몰이를 하듯 소비만능을 강요하는 대중매체로 인한 환상은 우리를 잘못 이끄는 신기루와 같다. 무엇에 대한 갈구가 끝내 채울 수 없으리란 불안과 결합할 때 나타난다는 점에서, 그리고 사실이 아닌 환상이라는 점에서 그렇다. 사막에서 신기루를 좇는다는 건 곧 죽음을 뜻하지만 물질만을 좇는 것은 인간성의 왜곡과 황폐화를 뜻한다.

사람들은 말한다. '세상이 변해도 너무 많이 변했다'고. 그러니 이제 사람 사는 방식의 변화도 당연한 것 아니냐고. 그러나 동서고금을 통해 여행을 즐기던 사람들이 심심찮게 하는 말처럼 '사람 사는 건 다 똑같다.' 장소의 차이와 시대의 변화에도 사람 사는 게 다 비슷하다고 말할 수 있을 만큼 인간의 꿈과 욕망, 행복을 결정하는 요인은 크게 다르지 않다. 물질적 풍요만으로는 그것들을 보장하지 못한다는 증거이기도 하다. 특히 인간이 인간으로서 존엄과 품위를 향유하고자 하는 본원적 욕구는 변할 수 없다. 다만 각박한 현실이 잠시 우리를 눈멀게 하고 있을 뿐이다. '시장경제'라는 이름의 유일신 앞에서 머리를 조아리며 경배하는 온갖 유령들이 난무하는 속에서 한 인간으로서 '나'와 '자유'를 잃어버리지 않기 위한 끊임없는 긴장과 성찰이 요구된다.

그러나 나는 아직 '나 홀로' 자유로울 수 있는 방법을 알아내지 못했다. 여전히 기웃거리며 참견하고 싶다. 그래서 가진 것이 없어서 판에 직접 끼어들지는 못하지만 훈수를 명분삼아 사람들 곁을 떠나지 못하는 빈털터리 할머니 할아버지들이 애틋하게 그립다. 그러나 불행하게도 이 땅의 할머니, 할아버지들은 삶의 경험에서 비롯된 지혜나 인간 정서로 젊은이들에게 훈수를 두기보다는 오랫동안 세뇌된 의식으로 건강한 젊은이들을 질타하는 편에 속한다. 걸핏하면 너희들이 '보릿고개를 아느냐', '전쟁을 알기나 하느냐'면서 질타한다. 그들에게서 인간성을 느끼기 어렵다고 말할 젊은이들에게 당부하고 싶다. 인간을 사랑하는 한, 인간의 삶을 사랑하는 한, 인간다움과 인간의 존엄성을 되찾으려는 노력을 계속해야 한다고. 그들에게서 인간 정서를 느끼지 못하게 된 것은 그들의 잘못이 아니라 인간 정서를 침묵케 한 잘못된 의식화 때문이며, 그것은 오히려 우리에게 성실과

겸손과 끈기가 더 필요하다는 것을 말해줄 뿐이라는 점을. 나아가 이 시대의 과제는 의식을 깨우는 데 있다기보다는 잘못된 의식 주입에 의해 억압된 인간 정서를 해방시키는 데 있다는 점을.

드라마틱한 단막극의 연속처럼, 오늘을 만든 이 땅의 역사적 사건의 수레바퀴에 치인 유년시절이 있었다. 그러나 얼마나 다행스러웠던가. 그것을 인식하지 못하면서 클 수 있었다. 하지만 세상에 공짜는 없다. 전쟁이 낳은 가난과 증오가 있었고 희망의 4.19와 배반의 5.16이 있었다. 그러나 당시 나는 그 의미를 잘 몰랐다. 어린 탓도 있었거니와 집안 어른들의 보살핌 덕이기도 했다. 그저 또래의 아이가 가질 수 있는 정도의 막연한 정의감으로 불의의 현실에 대한 심정적 거부감으로 불편해하거나 무리에 섞여 거리에서 서성대던 적이 있었다. 의식적 판단에 의한 것이라기보다는 정서에서 비롯된 '그냥' 그러고 싶어서였다.

내 의식세계는 취약했다. 취약한 의식이나마 반듯한 모양새를 갖출 수 있었다면 그것은 나를 키웠던 외조부모님 덕이라 해야 할 것이다. 외할아버지는 이른바 선비 정신의 끄트머리를 느끼고 계셨던 것일까. 배반과 굴종의 시대에 몸소 실천할 수 없었던 아쉬움을 성장하는 내 몸속에 남기고 싶었는지 모른다. 화롯불을 사이에 두고 졸린 눈으로 들었던 많은 얘기들 중엔 '개똥 세 개'처럼 기억 속에 확연히 남아 있는 것도 있지만 대부분은 다 잊었다. 그것들이 내 정서 속에

용해되어 있기를 바라고 있을 뿐이다. "보잘것없는 미물도 성장하려면 허물을 벗거늘, 사람은 스스로 허물도 벗지 않고 나이만 차면 성장했다고 한다"는 말씀은 초등학교 자연시간에 배운 내용과 합해져 지금까지 남아 있다.

의식을 대신하고 있었던 나의 정서는 그나마 덜 부끄럽게 유년을 추억할 수 있게 해주었고, 그것은 오래지 않아 내 존재의 실체와 대면하게 되었을 때 처절한 방황을 몰고 온 내적 요인으로 작용하였다.

사람에게는 이기적 선택을 하도록 하는 동물적 본능이 있다. 존재 또는 처지가 의식을 규정하는 일차적 이유다. 그러나 지배세력은 제도교육과 대중매체를 이용하여 사회구성원들에게 자신을 배반하는 의식을 갖도록 꾀한다. 그래야 원활한 지배가 가능하기 때문이다. 물론 이 경우도 사회구성원들 각자가 자신을 위한 의식이라고 굳게 믿게 만든다. 이러한 의식들은 '나'라는 이기적이고 개별적인 여과망을 통과해서 저장된다. 그러나 여과망이 있다고 해서 철저히 개인적 특성을 유지할 수 있다고는 보기 어렵다. 여과망 자체가 국가나 사회의 의도에 따라 조작되거나 제작된 것이기 때문이다. 그만큼 교육이나 사회적 통념의 울타리에서 벗어나기 어렵다.

예컨대 '경상도 보리 문둥이' '전라도 깽깽이'라고 하면서 이런 저런 말들을 주고받는데 정작 그런 규정을 내리게 한 경험을 가진 이들은 많지 않다. 사회적 통념으로 자리 잡아 사실처럼 되어버린 '거 짓'의 대표적인 예다. 물론 사실관계를 확인하려는 노력이 없지는 않 다. 이 거짓 통념에 개인적 특성을 맞추어보고는 '정말 그렇네'라고 말하는 노력이 있을 뿐이다. 그러나 세상은 '백인 ○○가 살인을 저 질렀다'라는 말은 거의 하지 않지만, '흑인 ○○가 살인을 저질렀다' 는 말은 한다. 이처럼 사람의 의식 속에는 냉철하고 엄격한 점검을 거쳐야 할 만큼 믿을 수 없는 요소들이 끼어들 수 있다. 그럼에도 개 별적 여과망을 거쳐 독립적인 인격체 안에 내재하기 때문에 의식은 곧 각자의 주관에 따른 '주체적' 판단이라는 착각을 하게 한다. 그리 고 이러한 착각은 '무지한 소신주의자'를 양산한다.

무지에는 자신의 무지를 아는 '사회적으로 고마운' 무지와 자신 의 무지를 모르는 '막무가내의 무지' 두 가지가 있는데, 무지를 모르 는 '막무가내의 무지'일수록 소신이 강하다. 실제로 "너, 빨갱이지?" "너, 전라도 사람이지?"라는 두 마디는 '무지한 소신주의자'들을 수 없이 양산하면서 이 땅을 지배해왔다. 비교적 개명된 사회였던 20세 기 독일 땅이 나치즘의 토양이 된 것은 일자리가 사라진 공황기에 '사회주의에 대한 반대'와 결합한 "너, 유태인이지?"라는 물음이었 다. 한국에서도 '너, 빨갱이지?'와 '너, 전라도 사람이지?' 이 두 마 디 앞에서 수많은 사람들의 이성이 마비되었다. 광신자들이 광신을 통해 그럴 수 있듯이, 사람들은 그 두 마디를 통해 아주 쉽게 스스로 우월적이며 선한 존재가 될 수 있었다. '87년 6월 항쟁' 20주년을 기념하는 시기에 전두환의 고향이라는 합천에 '일해공원'이 버젓이 생기는 괴물적 현상도 이 두 개의 물음과 물신주의가 결합되어 나타난 것이다.

사람들은 금강산 관광길에서 만난 북한 안내원의 일거수일투족에 관심을 쏟고 우리와 다르지 않음에 감격한다. 반공의식화, 안보의식화 교육으로 나는 어릴 적에 북한 사람들을 뿔 달린 빨간 도깨비라고 배워 그렇게 그렸고 실제로 그런 줄로 알았다. 전혀 다른 이념과 제도 속에서 상대를 죽이지 않으면 내가 죽는다고 믿어야 했다. 도저히 타협할 수 없는, 가까이 하기엔 너무 위험한 사람들이었다.

그러나 그런 의식에 반하여 다가서게 하고 교감을 가능하게 하는 것은 무엇일까. 만년우방이라는 미국 사람에게는 의식에 반해 다가서지지 않았을 것이다. 이것은 정서의 한 단면에 불과하지만, 정서의 성격을 단적으로 보여주는 한 예이기도 하다. 정서는 마음과 감각이 지향하고 받아들이고자 하는 그 어떤 것이다. 정서의 형성 과정에 대해 간단히 단정할 수는 없다. 그러나 정서가 의식과 같이 움직이는 것이 아님은 분명하다. 의식은 내게 유리한 것, 옳다고 믿어지는 것에 따르도록 명령하지만, 정서는 내가 '그냥' 이끌리는 것에서 안정과 충만감을 느끼도록 한다.

항체

나의 존재에 대한 고민과 의문은 충격적인 진실과의 갑작스런 만남으로 시작되었다. 미처 인식하지 못했을 뿐 갑자기 만난 그 진실은 가치관의 붕괴와 방황을 예정하고 있었다. 나를 둘러싸고 있었던 자연스럽지 못한 사회환경에 대해 알고자 하는 시도가 일찍부터 가능할 수도 있었다. 그러나 내 유소년 시절은 호기심과 장난에 몰두할 수 있을 만큼 밝고 따스한 편이었다. 그런 유소년의 기억과 경험이 오히려 삶에 대한 전면적인 고민과 수용을 가능하게 한 동력이 되었는지 모른다.

모든 것들을 박탈하고 갈아엎는 혼란은 '전쟁 속 나의 가족 이야기'로부터 시작되었다. 분단의 비극과 전쟁의 참혹함은 모든 인간을 발가벗겼다. 전쟁은 비굴하고 추악한 동물적 생존 본능에 충실해야만 살아남을 수 있다는 것을 가르쳤다. 살아남은 사람들은 이제 분단의 비극적 상황 속에서, 또 한번 살아남기 위해 간악하거나 간사해져야 했다. 살아남기 위해 짐승이 되어야 했고 미쳐가야 했던 그 시간 속에 내 가족이 있었고 내가 있었다. 나는 인간을 알기 전에 증오를 배웠다. 그 증오의 대상에 또 다른 내가 있었다. 그때부터 어딘가 응시하고 있는 듯했지만 보이는 것도 들리는 것도 없었다. 자신을 향한 수치와 세상을 향한 혐오가 내 속에서 들끓었다. 마침내 무지와 거짓을 들어내고 나니 빈 껍데기만 남았다.

가치관의 완벽한 붕괴, 그것은 마치 너무나 순결하고 아름다워 이슬만 먹고 살리라 믿었던 그녀의 벌거벗은 일상을 느닷없이 목격한 것과도 같았다. 환상을 걷어내기란 쉽지 않았다. 환상을 기반으로 쌓아올린 사실들의 동반 몰락은 상당한 혼란과 함께 상실감을 불러오기 때문이다. 더 이상 존엄하지 않은 인간과, 진보라고 장담할 수 없는 역사의 진행 앞에서 아연실색했다. 인간들이 냉혹한 역사의 소용돌이 속에서 속절없이 무너져 내리고 있었다. 이제껏 딛고 있었던 바닥이 갑자기 푹 꺼져버린 듯했다.

두려움과 혼란으로 나는 갈 곳 없는 곳으로 도망쳤다. 되도록이면 이 땅에서 먼 곳, 이 땅과 인연이 없다고 믿어지는 곳이어야 했다. 굳이 알려고 할 필요가 없는, 그리고 설사 안다고 하더라도 상관하지 않아도 된다고 믿어지는 곳을 찾고 싶었다. 물론 그런 곳은 없었다.

혼란과 두려움이 환상의 공간을 꿈꾸게 한 것이었을 뿐. 전쟁이라는 '역사적 진실'과의 만남은 내가 살고 있는 이 땅의 역사와 그 앞에 벌거벗은 인간의 만남을 알리는 잔인한 신호였다. 그 많은 거짓된 진실들과의 만남으로 나는 경악했고 분노했고 두려워했다. 진실 속 인간은 잔인했고 무자비했고 비굴했고 초라했다. 인간으로서 긍지와 자부를 갖게 했던 품위와 존엄은 생존의 장에서 맥없이 무장 해제된 정신과 영혼과 함께 해체되어 있었다.

인간이 인간을 배반하지 않는 곳, 사회가 개인을 배반하지 않는 곳, 그래서 역사는 진보한다는 믿음을 간직할 수 있는 곳. 어디서 어떻게 살았을지 알 수 없는 사람들의 알 수 없는 소리에서 위안을 찾으려 했다. 아직도 이슬만 먹고 사는 그녀가 있을지도 모른다는 애틋한 미련을 즐기려는 듯. 그러나 이미 모든 믿음은 사라졌다. 믿음을 전제로 하는 어떠한 행위도 거부했다. 사실 믿음에 대한 거부라기보다 두려움이었다고 해야 할 것이다. 나 자신은 물론 그 누구도 믿을 수 없었다. 그런 중에도 내 안에 자리 잡은 왜곡된 진실과 날조된 사실들이 계속 따라다니며 속삭였다. 벌거벗은 그녀의 모습이 진실이 아닌 거짓이라고. 그렇게 믿는 편이 편한 것이라고. 그런 게 바로 사람 사는 것이라고.

내 정서는 그것을 받아들이지 않았다. 끊임없이 도리질치며 두리번거렸다. 격렬한 음악으로, 때로는 어둡고 우울한 시(詩)로. 그러나 그 어느 것도 위안이나 도피처가 되지 못했다. 다 허물어버리고 처음부터 하나씩 다시 쌓아가야 한다는 것을 받아들여야 했다. 아무 하고도 말하지 않았다. 그것은 시위였다. 어찌할 수 없을 것 같은 세상을 향한, 그리고 어찌할 바를 모르고 허둥대는 무능한 자신을 향한 시위였다. 마침내 그녀가 우상의 헛된 자리에서 내려와 나와 같은 땅을 디디고 함께 할 수 있는 동행자로 의미 있는 존재가 될 수 있다는 것을 알아차리기엔 많은 시간이 필요했다.

애국이 무엇인지 알 수 없던 때부터 국기에 대한 경례를 하며 가슴 뭉클해했다. 선열들의 나라를 위한 희생이 강조되는 수업이 있던 날은 더욱 그러했다. 어린 가슴을 울컥하게 하고 잠깐이나마 어린 눈에 힘을 주게 했던 애국이었고 국가였다. 든든하게 우리를 보호하고 어머니의 마음만큼이나 따뜻하고 극진한 보살핌을 주는 것이 국가라 생각했다. 우리의 보호자인 나라가 있어 기를 펼 수 있으니 우리 또한 나라를 아끼고 사랑해야 마땅하다고 당연히 배웠다. 그러나 우리의 보호자이어야 할 국가가 국민을 유기하고 이간질시켜 서로 욕보이게 하고 마구잡이로 짓밟았다. 그 속에 또 다른 나를 증오했던 나 자신을 자랑스럽게 여겼던 내가 있었다.

내 안에 있던 인간과 국가가 부서졌다. 졸지에 고아가 된 것이다. 내가 누구인지 어디로 가야 하는지 모르는 어린 고아였다. 우선 내가 누구인지 알아내야 했다. 나는 누구이며, 왜 이곳에 있는가, 왜

하필 여기인가. 어디로 가야 하는지는 다음 문제였다. 사춘기 시절 얼핏 치기어린 우월감에 집어들었던 개똥철학을 이번에는 제대로 해야만 하는 상황에 직면한 것이다. 이제는 멋있어 보이거나 나를 드러낼 수 있는 정도에서 끝낼 수 있는 것이 아니었다. 더 이상 낭만적이거나 감상적이지 않았다. 절박했다. 살아지거나 살아내는 것이 아니라 살고 싶어서였다. 어려웠다. 어렵다기보다 누구도 답을 갖고 있지 않은 문제였다. 나는 끝없이 서성댔다.

그러나 아직 자신이 누구인지 알지 못한다 하여, 죽었다고도, 죽어야 한다고도, 죽어간다고도 말할 수 없듯이, 살아야 할 이유는 유일하게 심장의 박동소리와 연관되어 있었다. 심장이 뛰고 있다는 사실이 바로 살아야 하는 이유인 것이다. 더군다나 절망적이라고 해도 절망은 내가 존재하지 않는다는 증거가 되기는커녕 거부할 수 없는 존재의 증거였다.

"실존이 본질에 앞선다"는 사르트르의 명제에 나는 그렇게 한참을 에둘러 도달했다. 실존에 눈떴다. 오랜 방황 끝에. 실존은 존재의 본질적 이유에 앞서 이미 '존재' 하는 것으로부터 출발한다. 나, 곧 우리 인간을 비롯한 모든 생명체의 존재의 이유를, 존재한다는 사실 그 자체에서 찾는 것으로 시작한다. 실재하는 것은 그 자체로서 의의이며 이유인 것이다. 따라서 인간을 인간답지 못하게 하는 모든 것은 인간 존재의 이유와 의의를 부정하는 것이고 훼손하는 것이다. 생명 활동의 동기를 실존에서 부여받는 실존주의자에게 있어 반생명적인 것과의 대치는 피할 수 없다. 인간이 인간으로서 고유한 영역을 보존하면서 존재할 수 있도록 해야 하는 것이다. 그것을 위해 반인간적인 것, 비인간적이게 하는 것들과 싸우고 저항하는 실천이 뒤따를 수밖에 없다는 점에서 실존주의자에게 있어 휴머니즘은 필요조건이며 동시에 권리이다.

이것이 내가 나 자신을 그 무엇보다 우선 휴머니스트라고 부르는 이유이며, 내가 기계적 이데올로기 논쟁과 후유증에 시달리지 않아도 되었던 근본 이유다. 딱히 그 이유는 알 수 없으나 우리 사회에서 휴머니즘은 왠지 낭만적인 센티멘털리스트나 심지어 프티 부르주아의 유약하고 따뜻한 마음 정도로 평가받기도 한다. 그러나 휴머니즘의 탄생이 중세의 종교라는 성채에 대한 저항에서 비롯되었다는 단순한 사실만 가지고도 그것이 얼마나 강건하고 적극적인 힘을 갖고 있는지 짐작할 수 있다. 이 사회에서 휴머니즘에 대한 왜곡된 이해는 자유에 대한 왜곡된 이해와 쌍벽을 이룬다. 그리 멀리 가지 않아도 강건한 휴머니즘은 언제나 살아남을 수 있는 생명력과 도덕적 순결성을 잃지 않을 안전판을 스스로 창출한다. 인간의 생명력과 존엄과 품위가 그의 것이기 때문이다.

실존적 고민은 비로소 이 땅의 배반과 증오, 그리고 절망의 역사

속 인간을 사랑하게 했다. 자기연민에서 벗어나 나를 사랑할 수 있게 했다. 그리고 인간의 존엄성을 짓밟고 억압하는 것에 분노하고 저항하는 삶은 내가 선택해야 할 당연한 것이 되었다. 내가 선택한 바 없을 뿐더러 외려 부정하고 싶었던 이 땅을 나는 그렇게 받아들였다. 그러했다. 이 땅은 나에게 실존적 고민의 한가운데서 선택한 시지프스의 바위였다.

한때 자조 섞인 표현으로 우골탑이라 불리던 대학. 그러나 가난한 부모들은 팔아치울 소마저 없었으니 분명 그들의 등골이 소를 대신 했을 터였다. 가난을 대물림하지 않을 수 있는 유일한 길이 거기 있었다. 그만큼 가난한 부모나 그의 자식들에게는 최선의 선택이었고 거부할 수 없었다. 수많은 학생들에게 대학은 자신만을 위한 것이 아닌, 고통을 감내한 부모들에게 돌려주어야 할 희망이어야 했다. 가난의 질곡에서 빠져나와 신분상승을 꾀하려 선택한 곳이었다. 그곳은 그러나 우리 사회의 어두운 진실과의 대면을 가능하게 하는 곳이기도 했다. 또한 민주와 자유에 대한 열망을 표출하는 곳이기도 했다. 이 사회가 안고 있는 모순은 젊은이들을 '미치게' 만들었고 실제로 미쳐갔다. 절박한 부모들의 바람을 외면하게 되리라는 불안감을 떨치지 못한 채 그들은 이 땅을 끌어 안아야 했다.

누구는 자유정신에의 충실한 복무를 위해, 누구는 비참한 사회

현실에 대한 울분을 안고 왔다. 그렇게 만났고 의기투합했다. 대학이라는 그나마 비교적 자유로운 공간이 있어 가능한 일이었다. 우리는 허기를 메우듯 일을 찾아 부지런히 움직였다. 실제로 우리는 항상 허기져 있었다. 거의 모두 빈털터리들이었고, 그 허기는 지혜에 대한 탐구와 만났다.

우리를 둘러싼 사회상황은 마치 고릴라가 사람과 비슷한 면이 있다고 하여 잘만 하면 사람을 낳을 수도 있을 것이라고 생각하는 것만큼 얼토당토않은 부조리의 연속이었다. 나는 지금도 '믿어만 주면 사람을 낳을 수 있다' 고 주장하는 고릴라들에게 놀아나는 경우를 보곤 한다. 이 위험하고 부질없기 짝이 없는 기대를 가능하게 한 것은 우리들의 피폐한 현실이다. 너무 오랫동안 우리들 곁에 달라붙어 있던 절망, 좌절 그리고 생존의 욕망이 만들어낸 엽기적 판타지다.

모로 가도 서울만 가면 된다. 결과만을 중시하는 풍조는 성과에 대한 조급성과 일에 대한 전문성과 지적, 논리적인 취약함을 은폐하려는 의도와 맞물려 있다. 무엇보다 이러한 풍조가 자리 잡는 데 기여한 것은 도덕적 결함에도 불구하고 오히려 떳떳하게 잘 먹고 잘사는 이들이다. 칠흑 같은 어둠 속 느닷없는 총부리에 놀라 밥 한 그릇 퍼준 것은 부역죄가 되어 온갖 고초를 겪게 되지만, 독립이 물 건너가기를 바라듯 일제에 붙어먹던 자들은 주인을 바꿔가며 배를 불리고 높은 자리에 올랐다. 부도덕한 사회의 도덕적 인간에게 남는 건

낭패감과 박탈감뿐이다. 정신적 공황을 피할 수 없었고 올바른 생활은 개그가 되었다. 차차 부도덕한 사회의 비도덕적인 개인들이 되었고 고릴라가 들어설 자리는 더욱 확장되었다.

생존을 삶의 기본조건으로 한다는 점에서라면 생존을 위한 동물적 본능은 납득할 수 있다. 그러나 마치 인간적 삶을 위한 충분조건인 양 생존을 위한 동물적 본능이 강조되는 것을 내 정서는 끝내 받아들이지 않았다. 인간은 언제나 생존의 굴레 앞에서 굴종을 강요하는 상황에 절망하고 분노했다. 그리고 인간적 삶을 되살리기 위한 지난한 저항의 시기를 가져야했다. 자유와 평화, 사랑과 예술도 삶의 필수조건일 뿐, 인간에게 충분조건이란 없다.

세월은 역시 약이다. 수많은 사람들이 젊은 날에 품었던 의식과 이념은 세월과 함께 그 빛이 바랬다. 그 빛바램이 오히려 당연하다고 주장한다. 그 세월은 또한 자유, 민주, 인간의 자리에 토익점수, 학점, 취업준비가 들어앉도록 했다. 20년을 사이에 두고 잘들 먹어서인지 갸름했던 얼굴형이 통통해졌다. 잘못된 선입관 탓이리라, 기름진 얼굴들이 '교양이 밥 먹여주나?' 라고 말하는 듯하다. 예술도 장르를 불문하고 간소하고 간편하고 감성적인 것이 선택된다. 남에게 뒤지지 않는 발 빠른 트렌드 따라잡기가 문화인 듯 행세한다. 심각하게 살기 싫다고 한다. 진지하게 살 이유가 없다고 한다. 그러나 세속적으로 남보다 잘사는 확률은 언제나 마찬가지인데 온 사회가 호들갑을 떨며 무한경쟁의 전쟁터로 내달린다. 음악에 심취하고 문학을 얘기하고 철학에 몰두하면서도 가질 수 있었던 확률이 그 모든 것을 다 버리고서야 가질 수 있는 확률로 되었다. 이상한 현상이다. 모두를 위해 모두가 노력하자는 것도 아니고, 작은 수를 조금이라도 늘려 확률을 높이자는 것도 아닌, 확률은 그대로 둔 채 모두가 모든 걸 버리고 전력 질주하는 것이다.

설사 그 확률 안에 들어 남보다 조금이나마 잘살게 되었다고 해도 그것은 '불행한 사건'이 발생하지 않는다는 전제에서만 가능하다. 그렇게 모든 것을 '올인'한 결과 얻었다 하더라도 단 한 가지 예기치 못한 불행만으로도 일시에 물거품이 될 수 있다. 설령 경쟁을 하더라도 미래를 내다보는 사람에게 인간의 존엄성을 지킬 수 없을까 불안케 하는 기본 요인들을 해결하고 난 뒤에 하면 안 될까? 우리를 불안케 하는 구체적 요인은 교육, 의료, 주거, 실업, 노후 문제다. 실제로 이를 위한 사회안전망이 갖춰지지 않는 한, 우리는 평생을 '떨어지지 않길 바라며 외나무다리를 건너듯' 살아야 한다. 우리 사회의 소득 100만 원과 유럽 사회의 소득 100만 원은 그 가치가 다르다. 주택, 의료, 교육 등 거의 모든 걸 개인이 해결해야 하는 사회와 소득의 대부분을 자신을 위해 쓸 수 있는 제도의 차이에서 비롯된다. 힘을 모아 크고 안전한 다리를 놓으려 하지 않고 외나무다리에 연연

해하는 이유는 무엇일까.

공익적 가치가 실종되고 사회적 연대의식이 싹틀 수 없는 사회
는 '나 먼저 살고 보자', '내 것은 무조건 지키고 보자'는 이전투구의
풍토를 만들어냈다. 애석한 것은 '나만 안 떨어지면 된다'고 생각하
는 모든 사람이 이 위태롭고 협소한 외나무다리에 매달리고 있다는
것이다. 이 위기감으로 사람들은 더욱 악착스레 매달린다. 이 악순환
의 고리를 끊어내야 한다. 우리의 것과 내 것을 함께 지키고 기름진
생존을 넘어 인간적 삶을 되찾기 위해.

나의 20대. 무엇을 위해 살았느냐고 묻는다면 '나 자신을 위해
살았다'고 말할 것이다. 20대의 젊음은 분출하는 욕망과 삶을 향한
벅찬 기대, 그리고 낭만적 사랑에 대한 예감을 떠올리게 한다. 하지
만 젊은이들에게 그리 호의적이지 않은 시절에 20대를 맞아야 했던
우리 세대는 억압된 욕망과 자유 그리고 인간과 삶에 대한 회의의 시
작을 의미했다. 대신에 우리에겐 자유와 민주의 복원에 대한 열정과
인간의 존엄성 회복에의 열망이 있었다. 영혼의 자유로운 활보가 가
능한 세상을 꿈꿀 수 있다는 것만으로도 희망을 잃지 않을 수 있었
다. 그것은 살아갈 날을 길게 남겨두고 있는 젊은이의 호기로움이며,
반짝이는 아침 햇살을 받는 것만으로도 가슴이 벅차오르는 젊은이의
손상되지 않은 생명력이었다.

인간에 대한 본원적 질문과 고민을 주저없이 할 수 있게 한 것 또한 젊음이었다. 엄혹한 상황이 주는 두려움과 불안 속에서도 차라리 낭만을 찾을 수 있게 하는 능청스러움이 젊은 패기가 아니고 무엇이겠는가. 가난하지만 생활에 대한 구체적 압박감이나 의무감으로부터 비교적 자유로울 수 있는 시기라는 점도 빼놓을 수 없다. 그러나 자신의 의지와 욕망에 따라 나름의 삶을 영위해야 하는 출발점에 선 젊은이의 기대와 전망은 개인의 삶과 연관된 모든 문제와 단호히 맞설 수 있게 하고, 타협에 강한 거부감을 갖게 한다. 때론 그 결연함이 생활의 팍팍함에 지치고 병들어버린 기성세대에게는 '개도 안 물어 갈' 순수함으로 희롱거리가 되기도 한다. 하지만 분명 그것은 변형되기 전 본래의 우리가 삶을 대하는 모습일 것이다.

따라서 나는 충실하게 젊음을 향유했다고 말할 수 있다. 출발선에 선 내게 주어졌던 삶의 얼개가 아무리 형편없었다고 한들 결코 주저앉지 않게 한 것 역시 젊음과 무관하지 않다. 나에게 젊음, 그것은 항상 저항이라는 단어와 함께한다. 애당초 '사는 게 다 그렇지 별거 겠어', '둥글둥글 살아야지'라는 기성세대들의 서글픈 비책에 나는 죽는 날까지 동의하지 못할 것이다. 이것은 기성세대들의 말처럼 결코 한번쯤은 마음 가는 대로 살아봐도 될 만한 물리적 여유에서 나오는 객기가 아니다. 기성세대들이 소시민적 일상에 타협하고 매몰되면서 잃어버린 인간의 자유로움을 향한 열정 때문이다. 삶의 진정한 의미는 자아실현에 있지 기름진 생존에 있는 것이 아니기 때문이다.

진정한 자유인에게 자유는 마지막 눈동자를 그려넣음으로써 비로소 완성되는 초상화처럼 모든 생명을 진정 살아 있는 것으로 완결시킨다. 억압을, 지배하기 위한 주요 기제로 하는 사회일수록 자유는 그 자체로 불온을 의미한다. 오랜 동안 자유의 불온성이 강조되었다. 인간의 역사를 자유에 대한 극심한 왜곡과 핍박에 저항한 역사라고도 할 수 있을 만큼 자유에 대한 인간의 욕구는 절실하고 절박한 것이다.

자유를 억압하는 사회는 곧 나를 억압하는 사회다. 개인은 사회와 분리해서 생각할 수 없다. 사회가 어떻든 나만은 자유로울 수 있다고 말하는 이들이 있지만, 그런 자유는 지금의 국가보안법 폐지 운동에 대해 '도대체 그 법이 있든 없든 아무런 불편이 없는데 왜 이 소란인지 알 수 없다'고 말하는 자유처럼 수상한 것이다. 자유란 무엇으로부터 벗어나기 위해서이거나 무언가를 하기 위한 것으로서만이 아니라, 자유 그 자체로서 이유가 되는 것이다. 아무도 무인도에 혼자 살게 된 사람을 보고 완벽한 자유를 누리게 되었다고 축하하지 않는다. 이는 자유의 상대성을 증명하는 것이 아니라 인간의 사회성을 말한다. 모든 것이 그러하듯 자유 역시 사회적 제 관계 속에서 지나치게 구체화되고 개별화되어 마치 상대적 가치인 양 그 실용성이 강조되기까지 한다. 그러나 절대적 가치로서의 자유를 부정하거나 잊어버려선 안된다.

영악스럽지는 못했지만 이 세상에서 반인간의 수상쩍은 기미를 알아챌 수 있는 맑은 영혼이 남아 있기를 바랐다. 불의를 감지하지 않을 수 없었고 '무모한 저항'에서 벗어나지 못했다. 그렇게 자신을 위해 살았다. 영혼을 떠나보내지 않고. 그래서 아픔은 있었지만 후회는 없다. 충분히 공부하지 못한 아쉬움은 죽는 순간까지 계속 남을 것이지만.

그래서 지금 젊은이들에게 당부하고 싶은 말은 무엇보다 이 사회를 지배하는 물신에 저항할 수 있는 인간성의 항체를 기르라는 것이다. 그대의 탓은 아니지만 우리 사회의 인간성은 너무 오염되었다. 물신은 밀물처럼 일상적으로 그대를 압박해올 것이며, 그대는 앞으로 살아가면서 끊임없이 물질의 크기로 비교당할 것이다. 그것에 늠름하게 맞설 수 있으려면 일상적 성찰이 담보한 탄탄한 가치관이 요구된다. 그리고 자기성숙의 모색을 게을리 하지 말라. 자아실현을 위한 능력을 갖추기 위해서다. 그리고 성찰 이성의 성숙 단계가 낮은 사회에서 그대는 자칫 의식이 깨어났다는 이유만으로 인간에 대한 연민에 앞서 오만함으로 무장하기 쉽다. 만약 그대가 진정한 자유인이 되려고 한다면 죽는 순간까지 자기성숙의 긴장을 놓지 않아야 한다.

그것은 쉽지 않은 일이다. 그래서 모두 쉬운 길을 택한다. 그러나 삶은 단 한 번밖에 오지 않는다. 그 소중한 삶을 어떻게 꾸릴 것인

가. 그것은 그대에게 달려 있다. 자유인이 될 것인가, 아니면 물신의 품에 안주할 것인가. 다시금 강조하건대, 그것은 일상적으로 그대를 유혹하는 물신에 맞설 수 있는 가치관을 형성하는가와 자기성숙을 위해 끝없이 긴장하는가에 달려 있다.

망자와의 연대

　파리 서북쪽 근교 쿠르브부아의 한 아파트. 거기서 나는 서른다섯 살부터 쉰 살까지 15년 동안 살았다. 한참 나이를 온통 거기서 산 셈이다.

　13층에 있는 방 두 칸짜리로 장모님까지 다섯 식구가 살기엔 좁은 아파트였는데, 창 바깥으로는 에펠탑이 아니라 하필이면 작은 공동묘지가 내려다보였다. 해질녘이면 초점 없는 눈으로 공동묘지를 바라보곤 했는데, 아마 그 영향도 있었으리라. 후두둑……, 편서풍에 실려 온 빗방울이 얼굴을 때리던 무렵이 아닌가 싶다. 그들이 내 뇌리에 등장하기 시작했던 것은.

　파리의 변화무쌍한 날씨엔 이미 익숙해져 있었다. 비바람이 치면 주위는 금세 어두워졌고 사람들의 발걸음이 빨라지곤 했다. 아이들 우윳값 걱정을 했던 때에도 담배가 내 손을 떠난 적은 없었는데, 어느 비바람 치던 날, 갈 데 없이 작은 공원에서 혼자 담배를 피우고 있었는데 한 여인이 바바리 옷자락을 펄럭이며 내 옆을 바쁜 걸음으로 지나쳤다. 느닷없이 아직 살아 있음에 격정적인 경이로움을 느꼈다. 불청객이 찾아들기 시작한 것은 바로 그 무렵부터였다. '불청객'이라고 이름한 것은, 애당초 '의식적인 초대'가 아니었음을 강조하려는 것이다. 어쩌면 그들은 그전에도 출몰했는데 그때쯤 알아차렸을 수도 있다.

그들은 세상을 등진 망자들이다. 내 뇌리에 자꾸만 죽은 이들이 단체로 등장하기 시작했다. 특정 인물이나 역사적 인물이 등장할 때도 있지만 대부분은 이름 없는 망자들이다. 생존자들이 그들과 함께 서 있는 경우는 없다. 그들은 색깔이 없다. 온통 검다. 오직 큰 눈망울만 검으면서 희다. 긴 그림자들을 드리우고 있는데 검은 얼굴과 슬픈 눈망울로 이쪽을 바라본다. 시선은 공격적이지 않다. 그들은 말하지 않는다. 그저 가만히 서 있다. 특이한 점은, 여자와 남자, 어린이부터 어른까지 두루 보이는데 노인은 외할아버님 말고는 잘 보이지 않는다는 점이다. 참으로 희한한 일인데, 6.25 전후의 상흔이 내 몸 안에 녹아 있기 때문이라고, 그래서 때 이른 억울한 죽음들이 등장해서 그런 것이라고 말한다면 지나친 해석일까?

사람들은 분명히 알고 있었다. 이 땅에서 억울한 사람들이 수없이 죽었다는 것을. 이 땅이 학살의 땅이었다는 것을. 일제 강점기에 이은 분단과 전쟁, 인간의 도리를 지키는 일이 불가능한 시대였다. 학살의 기억은 살아 있었고, 사람들은 집단 속에 숨어 침묵을 지키는 것만이 살아남을 수 있는 유일한 길임을 터득했다. 특히 양심, 정의, 인권, 인간성은 단호하게 멀리 해야 했다. 독재자들은 '잘 살아보세!' 라는 구호 아래 성장과 개발의 논리를 펼쳐 나갔고, 사람들은 점차 억울하게 죽은 사람들을 신원하지 않은 채 하루하루 일상을 채워 나갔다. 갚을 수 없는 부채의식을 물신에 몸을 맡기는 것으로 대신 채웠는지 모른다. 파우스트가 메피스토펠레스에게 영혼을 내주었듯이 사회구성원들은 물욕에 몰입하기 위해 인간성을 물신에 팔아버린 것이다. '잘 산다' 는 것은 '옳게 산다' 는 것과 점점 더 멀어졌다.

물신에 몸을 내맡긴 삶이 몸만 편한 게 아니라 마음까지 편하다는 점을 차차 알게 되었을까. 학살에 대한 진상 규명과 억울한 죽음을 신원하는 것이 인간성 회복의 전제조건이 된다는 점조차 외면하는 지경에 이르렀다. 반인간적 행위로 점철된 과거에 대한 제대로 된 청산은커녕 과거 '사' 청산조차 이뤄지지 않았다. 맹자는 마지막까지 지켜야 하는 인간의 조건으로 수오지심과 함께 측은지심을 꼽았다. 억울한 죽음들을 신원하는 일에도 인색한 사회. 죽은 이들은 말이 없음에도 계속 죽여 없애야 할 적으로 살아 있어야 한다. 이 땅에서 가학성은 지배의 조건이 되었고, 점차 사회 전체에 삼투된 게 아닐까.

'유령의 춤'이라고 이름 붙일 수 있을지 모르겠다. 그들은 간혹 허공에서 원무를 춘다. 아무 소리 없이. 이때에도 그들은 공격적이지 않다. 직선으로 움직이는 법은 없고 항상 곡선을 그리며 허공에서 함께 이쪽으로 돌고 저쪽으로 돈다. 한 줄로 이어서 춤추기도 하고 한꺼번에 춤추기도 한다. 그런데 내 처지에 변화가 있기 때문일까, 아니면 나이를 먹어가기 때문일까. 그들의 시선과 몸짓이 '억울한 죽음'을 호소하는 듯했는데, 점차 단지 '죽음의 억울함'을 호소하는 듯하다.

그들이 찾아오는 뇌리 속에서 나는 아직은 안온하다. 아늑하기까지 하다. 거기서 나는 옷을 벗듯 내 이름을 내려놓는다. 대의명분도, 공자님 말씀도, 마르크스의 말씀도 내려놓는다. 세상을 향한 절망과 분노, 슬픔도 털어낸다. 그들을 하나하나 느끼면서, 깎여나가는 머리카락 한 가닥 한 가닥에 흔들리는 영혼을 추스르는 수도승처럼, 정리되지 못한 일상 속에서 흐트러진 나를 추스른다. 속시원한 답 대신 그냥 이렇게 말고는 달리 살지 못할 위인임을 거듭 확인하면서.

그들이 찾아오는 거기서 나는 다만 '아직 살아남은' 인간으로서 내 이름 자리를 대신한다. 거기서 나는 자유와 비루함 사이의 경계선 따위를 의식하지 않는다. 내가 거기서 편한 것은 긴장하지 않아도 되기 때문이다. 세상과 타협하지 않아도 되기 때문이다. 거기서 내가 이처럼 살아가도록 생겨 먹었다는 점을 편하게 확인한다는 것은 세상에 푸념하지 않는다는 것을 뜻한다. 그것이 억울한 망자들의 시선을 느끼기 때문일까? 아무튼 나는 거기서 그들과 함께 있는 데 익숙하다.

나에게 거기는 마치 전쟁터의 후송병원 같다. 나약해지고 무력해진 자신을 추스르고, 있어야 할 자리로부터 멀리 가 있는 건 아닌지, 소중한 것들을 놓치고 있는 건 아닌지 점검하고 본디 내 모습으로 다시 세상으로 나오는 것이다. 그곳은 그래서 내가 나일 수 있게 해주는 곳이다. 불온하기로 작정한 나를 흔드는 힘이 강할수록 더욱 나를 강하게 붙잡아주는 곳이다. '아직도 살아 있음에' 또는 '살아 있음에도 아직' 의연하지 못한 나는 그들이 등장하는 그곳을 수시로 들락거린다. 나에게 절망적인 순간들이 있었는데도 영혼이 피폐해지지 않았다면 그 절망의 순간들이 덜 절망적이었다는 점과 자기애가 결합되어 가능했다고 보는 게 옳을 것이다. 그리하여 나에게 절망은 후회나 반성이 아닌, 나를 되찾기 위한 쉼표 같은 메시지로 남을 수 있었다. 결국 그들이 등장하는 그곳은 나의 배수진이다. 그것이 절망이든 단절이든 벗어나는 길은 철저히 나로 돌아와 나로부터 다시 시작하는 것이기 때문이다. 그런데 그들이 출몰하는 그곳이 나의 마지막 배수진이 되기 전에 하나의 단계 또는 과정이 있었던 것 같기도 하다.

파리에서든 서울에서든 치과의사 앞에 누워 입을 벌릴 때마다 고문 장면이 떠오른다. 치과의사에게는 참으로 미안한 일인데, 언젠가 보았던 영화의 한 장면 때문인지, 아니면 소싯적에 어설프게 경험한 '남산'이나 '서빙고동'의 기억 때문인지 알 수 없다. 아, 지금 젊은이들은 '남산'이나 '서빙고동'이 무엇인지 잘 모르겠다. 멀지 않은 옛날, 남산 어귀와 '서빙고동'의 모처에서, '정보'나 '보안'이라는 이름을 드러내거나 숨긴 곳곳에서 그 행위가 일상적으로 벌어졌던 때가 있었다. 그 경험이 있은 뒤 고통스런 시간이 빨리 지나가기를 바랄 때 나는 남산과 서빙고동의 그 암울한 공간을 떠올리곤 했다. 의식적인 일이었다. 어떤 고통도 그것보다는 덜 고통스러운 게 사실이니까. 프랑스 땅에서 나를 지배했던 것은 불안이었는데, 그 불안은 전망 없는 굴레와 같았다. 남의 땅에서 그야말로 맨몸 혼자였는데 혼자 몸이 아니었다. 스무 살적 방황을 위무해주었던 격렬한 클래식도 내 안으로 들어오지 못했다. 그럴 여유가 없었다. 그때 남산과 서빙고동의 그 암울한 공간을 의식적으로 끄집어내곤 했다. 그 연장이었을 것 같기도 하다. 이름없는 망자들이 내 뇌리에 찾아와 하나의 상으로 자리 잡은 것은.

택시는 불안으로부터 나를 벗어나게 해준 작은 공간이었다. 그런데 그 뒤에도 그들은 떠나지 않았다. 하루에 허용된 택시노동시간은 열 시간, 나는 주로 밤에 일했다. 식사 시간을 줄이려고 찾아간 패스트푸드 체인점 퀵(QUICK), 그 중에도 개선문에서 북쪽으로 난 바그람 대로에 있는 가게는 지금도 눈에 선하다. 하루 일을 마치고 크루아상 한 개에 에스프레소 한 잔을 마셨던 이른 새벽의 카페, 샹젤리제와 말제르브 대로변이나 바스티유 광장의 카페에서 스튜이브장 담배 연기 너머 바라본 파리의 거리는 잠시 정지한 듯 적막하기도 했다. 그리고 작은 골목길들……. 이런 공간들이 파리를 떠난 지금 내 뇌리에서 떠나지 않듯이 그들 또한 내 뇌리에서 떠나지 않는다.

얼마 전 한겨레 발전기금모금을 위해 말을 붙여 볼까 하는 요량으로 동창모임에 부러 찾아간 적이 있었다. 동창회엔 시쳇말로 '잘 나가는' 사람들만 모인다는데, 그 동창모임은 더욱 그런 편에 속한다. 워낙 잘 나가는 사람이 많으니까. 하지만 내 속내를 털어놓는다고 해서 무어라 할 동창생들도 아니었다. 한겨레를 구독하지 않는 그들 앞에서 이제나 저제나 했다. 결국 기금 얘기는 입도 벙끗 못하고 알지도 못하는 골프 얘기만 한참 들었다. 국민 모금으로 만들어진 신문 하나 제대로 건사하지 못해 모금을 해야 하는 상황이 야속했고, 되건 안 되건 말도 꺼내지 못한 내 깜냥에 화가 났다. 내 성격 탓이 크다. 스스로 망자들의 등장과 어울리지 않는다는 생각을 하기도 한다. 실제로 내 성격과 그들의 등장은 '기괴한 조합'이라는 생각이 들기도 한다.

아무튼 나이 육십이 되었는데도 누가 떠다민 적 없는, 스스로 선택한 삶을 살면서도 사람들 앞에서 의연하지 못하다. 설령 세상의 공식이 변한다고 해도 내 삶의 방식이 변할 게 아니라면 어차피 상관할 게 없으련만 사람들 앞에서 의연하지 못하다. 오직 그들이 찾아오는 거기서만 의연할 수 있다. 오직 그들만이 나의 존재감을 스스로 확인하겠다는, 불온한 자유인으로서 나 자신을 확인하겠다는 선언을 어린애 응석 받아주듯 순순히 받아주기 때문이다. 아무런 대가도 없이. 그래서 나는 그들이 아주 편하다. 내가 위험으로부터 자식을 감싸안는 어미의 마음으로 팽개쳐진 나 자신을 감싸안을 수 있었다면, 그리고 내 안에서 어떤 생명력이 꿈틀대 절망을 앞질러 갔다면, 나의 무의식 속에서 망자들의 소리 없는 연대가 작용했는지 모른다.

긴장

어느 날 갑자기 전혀 다른 가치를 따르는 것을 변절이라고 한다. 그러나 사람들은 흔히 가치관이 바뀐 것이 아니라 가치를 실현하기 위해 보다 효과적인 방법을 선택했을 뿐이라고 말하기도 한다. 인간을 '이성을 가진 동물'이라고 했던 이는 아리스토텔레스였는데 인간은 우리가 잘 알고 있듯이 '합리적 동물'이기보다 '합리화하는 동물'이다. 인간은 욕망의 동물이고, 그래서 우리가 내면화하고 일상화한 합리화의 속살은 대개 '현실적 성공'과 '명분'이라는 떡을 양 손에 쥐겠다는 욕망에서 크게 벗어나지 않는다.

유럽에 있는 동안 이른바 조국통일 인사들을 적잖이 만났다. 이 역만리에서 분단된 조국을 바라보면서 통일 염원을 갖는 것은 민족 구성원으로선 당연한 일이다. 그런데 그들 중엔 의구심을 갖게 하는 인사들도 없지 않았다. 조국 통일을 외치면서 몇 안 되는 사람들이 통일된 목소리를 내지 못하는 일이나, 물리적 탄압에서 벗어나 있기 때문인지 서로 경쟁하듯 과격한 목소리를 내는 모습 등은 그들이 그들만의 무대에서 활약하는 '통일 건달'이 아닌가 하는 의구심을 갖게 했다.

꼭 그들의 존재 때문은 아니다. 언제부턴가 나에게는 못된 버릇이 하나 생겼다. '말'의 진정성을 엿보기 위해 '말'의 주인공에게 충분한 국록이나 권력의 자리를 안겨주는 상상을 해보는 것이다. 외할아버님은 내가 소싯적에 딱지치기나 구슬치기로 시간 가는 줄 모를 때 야단치는 대신에 "사람은 노름을 해보면 그 진면목을 알 수 있다"는 말씀을 하셨는데, 나는 사람들이 살림살이가 확 달라질 만한 국록이나 권력을 쥔 모습을 상상해보면서 그들이 하는 '말'의 진정성을 가늠해 본다. 흥미로운 일은 평소에 하던 말과 아주 다른 상상의 모습이 잘 어울리는 사람이 있는가 하면 전혀 그렇지 못한 사람도 있다는 것이다. '통일'이든, '민주'든, '좌파'든, '진보'든, '노동'이든 마찬가지다.

이런 나의 불온한 시선 때문일 것이다. 절차적 민주화와 더불어 '민주 건달'들이 득세한 모습을 보았다. '민주'에 '건달'이라는 말을 붙인 게 좀 심할 수도 있겠지만, 그들은 국제정치의 힘의 역학 관계에서 벗어난 국내 사안 중에 의지만 있으면 실현 가능하고 서민들의 삶의 조건을 크게 개선시킬 수 있는 교육과 부동산 문제에 개혁이라는 말에 걸맞는 개혁을 하지 않았고, 불균형한 노사관계에 작은 변화도 일으키지 않았다. '개혁'은 '민주 건달'들의 괜찮은 일자리 창출과 크게 다르지 않았다. 거기에 알량하나마 권력까지 덤으로 갖게 되었으니 '민주 건달'로선 주체하기 어려울 지경이었을 것이다. 닳고 닳은 관료들에게 포섭되는 일은 식은 죽 먹기와 같았을 것이다. 전제할 필요도 없지만, 반민주세력이 득세하는 것보다는 민주 건달들이 득세하는 편이 수백 배 낫다. 역사 진보의 발자취로 보더라도 '민주 건달'들도 한 자리 하는 과정을 거쳐야 한다.

배달호 씨가 분신했을 때 노무현 당시 대통령 당선자는 '민주화된 시대에……'라고 했다. 이른바 '386'을 포함하여 그 누구도 '그건 아니다!'라고 말한 사람이 없었다. 죽음을 가볍게 여길 때, 삶 또한 가볍게 볼 터. 그들은 집권에 성공한 감격으로 권부의 중심에서 '임을 위한 행진곡'을 합창했지만 한 노동자의 죽음 앞에서 거리낌 없는 '민주화된 시대에……'라는 말에 반기를 든 불온한 '개혁'은 거기에 없었다. 역시 그들에게 '임'은 민중이 아닌 권력이었던가. 그들이 부른 노래는 이미 '아름다운 노래'로서 시효가 지났다. 분노에 앞서 쓸쓸함을 느끼곤 했지만 그때는 달랐다. 치밀어 올랐던 분노를 여과없이 드러내자, '개혁' 지지자들한테서 호된 비판과 비방을 받아야 했다. 내가 균형 감각이 없는 좌파 근본주의자인지는 알 수 없으나, 그

때의 분노가 나에게 출몰하는 망자에 대한 내 나름 연대의 표시였다고 말하면 작은 변명이라도 될지 모르겠다.

내 뇌리에 출몰하는 망자들은 속절없이 삶을 빼앗겼다. 하다못해 '아름다운 노래'의 기억도 갖고 있지 못한 가련한 사람들이다. 80년대에 국제엠네스티 프랑스 지부에서 일했던 한 여성을 알고 지냈다. 스페인 출신 2세였는데 그녀의 부모는 1930년대 프랑코에게 쫓겨 프랑스에 망명한 사람들이었다. 당시 엠네스티 프랑스 지부에서 한국의 양심수 지원을 담당했던 그녀의 부탁으로 나는 몇 차례 한국에서 온 양심수의 편지를 프랑스말로 옮겨주었다. 어느 날 그녀가 나에게 얇은 책자 하나를 건네주었다. 프랑스에서 망명생활을 했던 스페인 사람들이 70년대까지 만든 작은 잡지였다. 거기엔 백발이 성성한 노인이 천진난만하게 웃는 모습의 사진과 함께 '이 세상에서 가장 아름다운 노래'라는 제목의 글이 실려 있었다. 1930년대 후반 피레네 산맥을 넘어야 했던 2만여 명에 이르는 스페인의 사회주의자들과 공화주의자들은 프랑코 독재가 30년 넘게 지속되어 70년대 중반까지 조국으로 돌아갈 수 없었다. 청장년이었던 그들은 하나 둘 눈을 감았고 프랑스 땅에 묻혔다. 잡지는 그때 마침 유명을 달리 한, 그들 사이엔 꽤 알려진 망명객에 관한 기사를 싣고 있었다. 그를 떠나보내면서 백발의 동료가 환하게 웃으며 이렇게 말했다.

"그래, 우리의 인생은 실패했는지 모른다. 하지만 우리는 이 세상에서 가장 아름다운 노래를 불렀다. 그 기억만으로도 우리는 평온하게 눈을 감을 수 있다."

그들이 함께 부른 노래, 세상에서 가장 아름다운 노래, 그 노래가 무엇인지 묻지 않아도, 그 노래가 무엇인지 몰라도 상관없다. 노망명객의 '세상에서 가장 아름다운 노래'를 내가 조금이나마 공감했다면 그것은 나 역시 망명객의 처지였기 때문만은 아니었다. 하지만 나를 찾는 그들에게는 아름다운 노래마저 없다.

얼마 전 인혁당 재건위의 여덟 분이 박정희 정권에 의해 억울하게 희생됐다는, 새삼스럽지 않은 사실이 공식적으로 발표됐다. 오늘도 박정희의 후광을 입고 정치적 영향력을 행사하는 사람들에게서만큼이나 나를 포함해 살아남은 사람들의 모습에서도 배반감을 느낀다. 분노해야 할 것에 분노하는 것도 '불온'이 된 탓인가, 사람들은 농민의 억울한 죽음이나 비정규직 노동자의 피눈물나는 절규에 눈한번 깜빡이지 않는다. 놀라운 조로현상인데, 사람들이 늙은 것인지, 사회가 지친 것인지 분간이 잘 안 선다. 이 땅에서 현실은 더욱더 피할 수 없는 운명과 같은 것으로 남고, 우리가 바꾸어나가야 할 현실이란 의미는 사라진다. 여기에 사람은 망각이란 편리한 삶의 방식을 가진 동물이라는 점이 보태진다.

어느 소설의 주인공은 말했다. 역사는 아주 더디고 지루하게 조금씩 바뀐다고. 맞는 말이다. 그래서 변화에 대한 믿음도 중요하지만 무엇을 위한 삶인가에 대한 선택이 스스로를 지켜내는 힘이 될 수 있다는 점도 거듭 확인해야 할 것이다. 그렇지 않으면 지쳐버리고 말테니까. 그 주인공이 말했듯이, 인간에게는 나를 나이게 만드는 어떤 것이 있나 보다. 그렇게 살지 않을 때 죽음과도 같은 생존만이 남는다는 그 어떤 것 말이다. 나에겐 그들이 그런 존재가 아닌가 싶다. 죽음에 이르게 하는 절망마저도 나에게 인간에 대한 믿음에 변화를 가져올 수 없다는 것은, 그들이 나를 지켜줌으로써 나를 나이게 하기 때문이라고 주장하고 싶다. 그들은 나에게 하루하루를 살아가는 게 아니라 하루하루를 죽어간다는 점을 일깨워준다. 살아가는 하루하루와 죽어가는 하루하루는 같지만 '인생의 산(山)'이라는 표현을 쓸 수 있다면 나는 분명 산을 내려가는 중이며 따라서 하루하루가 더욱 소중하다는 점을 소박하게 가르쳐준다.

'인간은 소우주와 같다'는 말에는 오해의 소지가 있다. 어떤 이는 '내 속을 누가 알 것이냐?'라며 훗날 역사의 판단으로 넘기자고 말한다. 그러나 현재의 모습은 가치관을 품고 있는 의식세계의 반영이다. 그것은 사과를 아무리 잘게 잘라 놓아도 모든 조각이 동일한 사과의 맛과 향을 지니는 것과 같다. 눈에 보이는 빙산이 거대한 빙산의 한 부분이듯. 그래서 나를 찾는 그들은 이렇게 말하는 듯하다. 지금의 모습과는 다른, 혹은 지금의 모습을 정당화해 줄 전혀 다른 무언가가 자신의 내면에 있다고 주장하는 것은 다만 거짓일 뿐이라고. 흔히 유혹은 밖에서 온다고 하지만, 실은 바깥이 아닌 자신의 내면에서 은밀히 키워진 것들이 간단치 않은 현실을 구실 삼아 실체를 드러내는 것일 뿐이라고. 그래서 우리가 바깥에서 관찰할 때 권력 주변에서 일부 사람이 변절할 뿐이고 대부분의 사람은 변하지 않는다. 다시 말해, 좋은 쪽으로의 변화는 무척 어려운 반면에 나쁜 쪽으로의 급격한 변화만 가능하다는 것이다.

세상을 바꾸려면 권력을 장악해야 한다고 말해왔다. 그러나 권력을 장악하기 전에 권력을 장악하기 위해서라는 이유로 사람들은 스스로 바뀌고, 또 권력을 장악한 뒤에는 더 바뀐다. 세상은 바뀌지 않은 채 세상을 바꾸겠다는 사람들만 바뀌는, 이 조화는 어디에서 비롯한 것일까? 권력은 비민중적이며, 따라서 '민중권력'이란 말은 그 자체로 모순이다. 권력은 지배의 일상 속에서 자기성찰의 계기를 갖기 어렵고, 따라서 성찰하지 않는 권력은 그 지위의 일상성 속에서 의식이 점차 변해가듯이 점차 반민중적으로 나아갈 위험이 있다. 내 무의식의 밑바닥에라도 살아남은 자의 부채의식이 꿈틀대기를 바란다. 그것이 끝없는 자기성찰의 짐을 지워 권력에의 의지나 유혹에 저항함으로써 늠름한 민중으로 살아남았다가 마침내 시어지기를 바란다. 사회 안에 권력이라는 게 어차피 있어야 한다면, 내 자리는 권력이 있는 곳이 아니라 권력을 순화시킬 수 있는 민중의 힘 쪽에 있어야 한다.

그래서 나는 긴장을 택한다. 긴장은 긴(緊)과 장(張)이 합쳐진 말이다. 내가 말하는 긴장은 문자 그대로 '긴'과 '장'이 합쳐진 것으로 '줄어듦'과 '베풂' 사이의 균형이다. 그것은 사람들이 '긴장(緊張)한다'고 말할 때처럼 오로지 '긴(緊)'만 뜻하는 게 아니다. 나는 충분히 보아왔다. 현실과 긴장한다면서 '긴'만 주장하다가 어느 순간부터 속절없이 현실에 영합하는 사람들을. 대부분의 사람들은 현실과 만나는 방식에서 일찍부터 '긴' 없는 '장'으로 살지만, 긴장한다는 사람들도 결국 '긴'을 유지하지 못한 채 '장'에 떨어지고 만다. 그런 사람들 중에 누구는 처음부터 현실과 영합했던 사람들보다 더 영악하게 현실에 영합하고, 작은 권력이라도 잡으면 민중을 억압하는 데 앞장서기도 한다.

아직 살아남은 사람으로서 '장'이 담긴 긴장을 말하는 것은 당연한 일이다. 나를 찾아오는 그들이 이미 나에게 '긴'으로 자리매김하듯이, 아직 살아남은 것만으로 나는 이미 '장'에 머물고 있다. 약하기 때문일까, 내가 터득한 지혜는 '긴' 없는 '장'의 삶은 무의미하지만 또한 '장'이 결합하지 않는 '긴'의 삶은 오래 견디기 어렵다고 말한다. 나에게서 그들이 사라질 때 자기성찰도 함께 사라질 것이다. 그들은 나에게 살아남은 자의 부채를 확인해주는데 그치지 않는다. 억울한 죽음을 신원하지 않는 곳에 아직 살아남은 자의 가학성까지 확인해준다. 그들이 사라진다는 것은 은밀하게 숨어 있던 내 안의 욕구가 이제까지의 가치들을 전혀 다른 가치들로 대체한다는 것뿐만 아니라 인간성의 훼손까지 증거한다. 그것은 곧 나의 죽음이어야 한다.

거기에 내가 아는 분이 등장하기도 한다. 외할아버지가 그 중 한 분이다. 외할아버지가 남기신 '개똥 세 개' 이야기는 나를 돌아보는 가늠자가 되곤 한다. 그리고 심심찮게 세 개의 개똥 중 마지막 한 개의 주인이 되는 나 자신을 발견하는데 내가 먹는 개똥은 주로 침묵으로 인한 것이다. 침묵도 구체적인 의사표현인데, 다만 다양한 해석이 가능하다는 차이가 있다. 침묵은 때로 타인의 잘못된 선택에 편승해 열매를 탐하는 수단이 될 수 있다. 내면에 감춰진 자신의 욕망에 대한 면죄부가 되기도 하고, 자신에게 유리한 선택을 하기 위한 유보가 되기도 한다.

나는 엄혹했던 시절이 끝날 것 같지 않다는 절망감에서 침묵했다. 순수한 인간성을 빙자한 교묘한 침묵을 꾀하기도 했다. 내면에 침잠하며 낭만적인 절망으로 포장하고 침묵하기도 했다. 룸펜이나 되는 양 자신을 학대하며 고뇌의 의미를 퇴색시키기도 했다. 무력감과 자괴감으로 '창백한 지식인'이라는 그럴 듯한 이름을 얻기도 했다. 냉소라는 무기로 제구실을 하지 못한 것에 대한 추궁에서 자신을 방어하기도 했다. 얼마나 놀라운 자기합리화의 귀재인가?

무력감과 자괴감은 내가 추구하는 가치와 신념으로 지금의 고단한 삶이 계속될지 모른다는 불안감과 크게 다르지 않다. 삶의 궁극적인 지향이 가치 추구가 아닌 구체적 변화를 목적으로 할 때 조바심과 불안감은 극복하기 어렵다. 더욱이 성과를 중요시하는 현실은 자칫 내 삶에 같은 기준을 적용하게 한다. 물질만능의 세태뿐만이 아니라 일상은 끊임없이 삶의 가치에 저울질을 하게 한다. 내가 의연하지 못한 것은 그 때문이 아니겠는가?

파리의 하늘이든, 서울의 하늘이든, 파란 하늘은 아래 세상의 현실쯤은 괘념치 않는다. 하늘은 언제나 무심하다. 아무리 둘러봐도 태어난 자리를 잘못 잡은 탓이나 할 수 있을 듯하고, 미래를 전망할 뾰족한 수는 잘 보이지 않는다. 가슴의 답답함이 가셔지지 않는 그런 날이면 차라리 그 파란 하늘이 오기를 품게 한다. 꺾이지 않고 살아내고야 말겠다는, 그래서 화사한 낮빛으로 인간의 존엄성이 훼손되지 않은 삶들이 실현 가능한 것임을 증명하고야 말겠다는.

오늘도 억울한 죽음들, 그리고 억울한 삶들을 비웃듯 하늘은 천연덕스럽게 파랗다. 포탄이 떨어지는 아비규환의 저 땅에도, 용산 참사가 벌어지고 비정규직들이 넘치는 스산한 이 땅에도 어울릴 성 싶지 않다. 세상의 슬픔에 동참하지 않고 억울함에 분노하지 않고 저 혼자 평화롭고 상쾌하다. 그래도 그 잔인함이 차라리 좋다. 잔인한 무관심은 나에게 무력함을 변명할 무언가를 찾아 두리번거리는 어리석음에서 깨어나게 한다. 하지만 때때로 심약한 성격은 저 하늘 너머 우주의 광대함에 현혹되기도 한다. 그 신비로움에서 행여나 초자연의 힘이 아래 세상을 굽어보고 무언가 조치를 취하는 상상을 해보다 혼자 웃기도 한다. 또 싱거운 바람이 좋다. 그 무심한 바람에게서 위안을 찾는 소박한 삶들을 생각한다. 오늘도 말없는 그들과 함께.

온갖 어려움이 뒤엉켜 실마리를 찾기가 쉽지 않다. 그러나 천리 길도 첫 한 걸음으로 시작되고 그 첫걸음은 나만의 공간에서 시작해야 한다. 나에게서 그들은 떠날 수 없고 떠나지 않을 것이다. 그들은 '내 삶의 최종 평가자는 나 자신'이라는 어쭙잖은 선언마저 부끄럽게 한다.

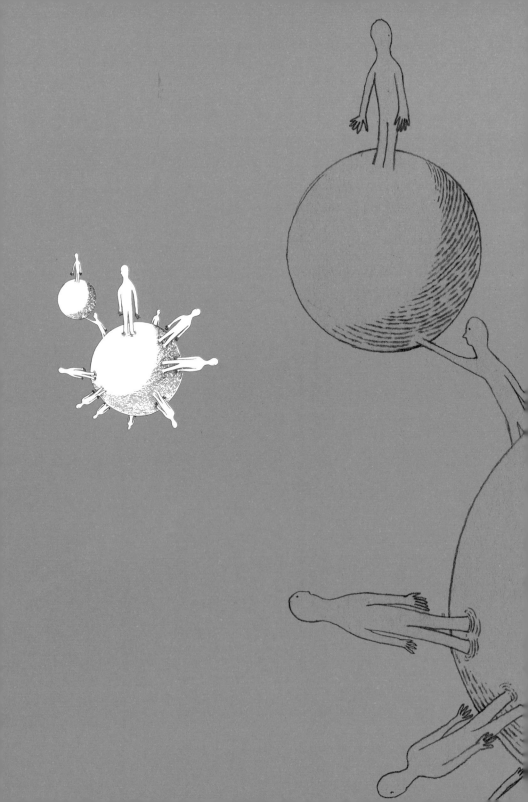

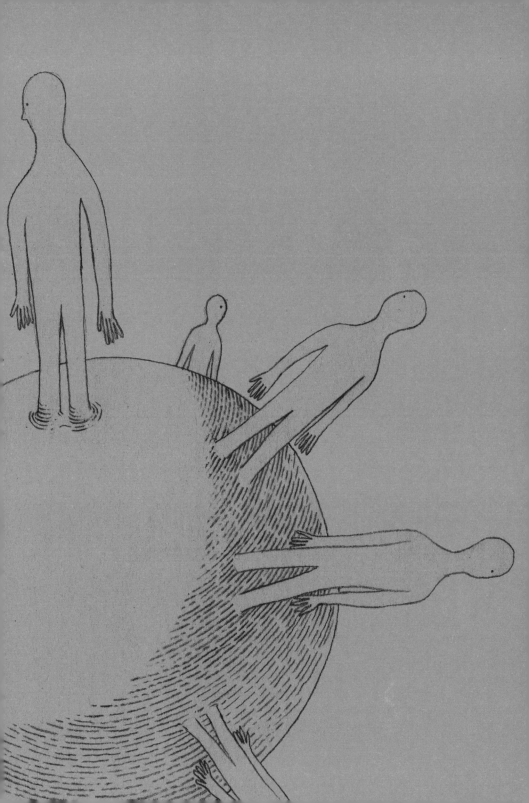

생각의 좌표

ⓒ 홍세화 2009

초판 1쇄 발행 2009년 11월 24일
초판 18쇄 발행 2018년 12월 10일
개정판 1쇄 발행 2023년 3월 3일

지은이 홍세화
펴낸이 이상훈
편집인 김수영
본부장 정진항
인문사회팀 최진우 김경훈
마케팅 김한성 조재성 박신영 김효진 김애린 오민정
사업지원 정혜진 엄세영

펴낸곳 (주)한겨레엔 www.hanibook.co.kr
등록 2006년 1월 4일 제313-2006-00003호
주소 서울시 마포구 창전로 70(신수동) 화수목빌딩 5층
전화 02-6383-1602~3 **팩스** 02-6383-1610
대표메일 book@hanien.co.kr

ISBN 979-11-6040-955-0 03810